U0068065

滲透遊戲

黃萱萱 著

天空數位圖書出版

目錄

第一篇　開端

（本故事為虛構情節，如有雷同純屬巧合）

滲透遊戲

又是濕冷的天氣，在瑟瑟細雨中，過年期間的博愛特區更顯孤寂，整條北安路上的裝置藝術，在刺骨的冷風中，獨然釋放她的美感。

雷烈中將已從國外回來近一個月，年後準備回到原部門報到，時過境遷，眼前的一切竟有股說不出的陌生。

雖說這十年以駐外武官身份在國外任職，心中卻比誰都還通透，他的離開，成就一群人的安生，走與別人不同道路的人，注定孤立無援，但在個把月前，一紙人事異動的公文，再次撼動雷烈消沉的心。

緊急召回，這是多麼突兀的命令，懷著忐忑不安的的心情，從防疫旅館離開後，特意避開學長準備的座車，隨手搭上路邊的小黃，路經紀念碑前，提前停下。

「國之干城，典範永存」

雷烈看著碑上的文字，心中不免感傷，放下手中行李，以敬禮之姿，表達對昔日同袍的敬意。

徒步走向國防部的大門，駐守的持槍憲兵警戒的看著他，證件的核對，等候上級長官的指示，過年期間，人員本就聯繫不易，站在風雨中將近 20 分鐘，直到一通電話打來，當班的隊長恭敬的將話筒遞給他……

「老弟啊，十年了。你怎麼還是那麼特立獨行？」

聽著久違卻熟悉的聲音，雷烈拘謹的面容終於獲得一絲鬆懈。

「學弟我……還是不習慣坐黑頭車呢。」

「你也真是……在那兒等我。」

電話一掛，守備隊長從雷烈的手中接回。

「長官，方才真是對不起，如有怠慢……」

「這是你的職責，不用說這些。」雷烈看著他軍服上的名牌。

「郭少駒中校，辛苦了。」

「長官，要先進來坐會兒嗎？」

「不了，等這個年過完，我再進去吧。」

等待的同時，隔著大門，雷烈跟他小聊了一段。過年期間，郭中校負責整個國防部的守備勤務，老家在南部，家裡還有個80幾歲的老母親，妻子目前懷著第三胎，預產期在四月，是個女兒。

「撐到第三胎，不容易啊！」

郭中校的笑容，喜悅中帶點沉重。

「這也沒辦法，老婆一直想有個女兒，她倒是挺開心的。」

「好好加油，養兒育女，比帶兵還操呢！」

「最辛苦的是老婆，孩子一生下來，她可累了。」

一輛私家車停在門口，車窗拉下，雷烈看見熟悉的同袍老友。

「我該走了，年後，咱們再聊聊。新年快樂！」

「長官，新年快樂！」

後頭停下一輛小貨運車，戴著黑色鴨舌帽及口罩的司機下車，手中拎著包裹正往警衛室走去，雷烈稍稍看了他一眼及車牌號碼。

「我不是派了車到旅館嗎？怎麼不坐啊？」下車的學長，就是方才與雷烈通話的范邦遠中將。

「一出旅館就這麼個陣仗，學弟哪敢啊。」雷烈把行李放在後車廂內，時不時望著正在簽收包裹的警衛室。

貨運司機回頭一望，剛好對上他的視線。

「接著吹吧你。那輛車是要送你到我家的，怎麼著也得帶你過年。」

後車廂一關。

「我老婆可是一直催，非把你請到家不可。」

「嫂子還是精力充沛。」

「她可精神呢！好險有你，櫃子裡擺了五年的茅台，我終於有機會開來喝了。」

雷烈失笑，就這麼上了范邦遠的車。

臨走前，不忘再瞧一眼貨運司機。生面孔，卻有股說不出的奇怪……

****

酒足飯飽之後，哥兒倆坐在客廳，一邊看著電視上的新春特別節目，一邊說著話。

「秀竹知道你回來嗎？」邦遠點起菸。

「上次跟她聯絡，是三個月前。」

邦遠不禁挑眉。

「唉，算了。我真佩服你們，十年了，各自分居，誰都沒開口提離婚，你們是……柏拉圖式的夫妻關係嗎？」

見著雷烈未回，邦偉也只能圓下自己的話。

「家務事原本就比公事難處理，我這邊也自顧不暇……年夜飯好險你在，我老婆還在跟兒媳婦鬧呢，都沒回來，真是……」說到此，還得壓低音量。

「學長，不說這個了。大過年的，喝茶。」

兩人沉默了一會兒。

「是我舉薦你回來接我的位置。」邦遠把菸滅掉，靠在沙發一角。

「張福勇那王八蛋，當了參謀總長之後，積極的把他身邊的人都拉拔起來……就等著我退伍呢！行啊，我是該退了，但我才不讓他美呢！我啊，直接找了國防部長說去。」

「學長，你這是在害我啊！」難怪，雷烈剩不到幾年就退休了，照理說不會再調動位置，況且還是直屬機關的管理職。

「反正，謝坤文是文官出生，自然也受不了他那股味兒，把你擺在那兒，坐在我的位置上，我看張福勇能多囂張？」未注意到雷烈臉上的陰鬱，邦遠自顧自的說著。

「這樣的任命，總不是兒戲。我們都不是謝系底下的人，一定有什麼原因吧？」

邦遠一手打在雷烈的肩上。

「張福勇剛上任沒多久，國防部就開始接到恐嚇信，揚言要對他不利。」

「什麼恐嚇信？」

「『軍用巴士墜谷案』，有人還活著呢。」

雷烈坐起身，全醒了。

十年前，一輛軍用巴士，在前往山訓途中墜入山谷，造成車上二十多名軍人死亡，一人重傷，死亡名單內，有一人，為現任參謀總長張福勇的次子。

雷烈時任政三科科長，此案本往交通意外方向偵結，卻在調查途中發現諸多疑點，加上當時唯一生還者——張祥斌班長的說詞，竟演變成軍中違紀案！

就在爆發之際，雷烈帶著所有資料上報國防部，卻遭攔下，上頭一紙人事調動，架空他所有參與此案的權力。

他明升暗降的被丟到國外擔任武官，也是繼婚姻之後，最大的敗筆。他敗在鬥爭，輸在權衡，是命嗎？不，他是個軍人，命運之說只是弱者的自我慰藉。

「你說，十年前那樁案子是為何？眼看辦得差不多了，國防部直接簽結，給了你駐外武官的位置，就把你扔了出去，這是為什麼？」

「我跟張福勇說，此案若要偵破，非你不可，他不聽，同樣的話，我也說給謝坤文聽。」邦遠的眼神，有著老謀深算的得意。

「……張祥斌人呢？」縱使心急如焚，雷烈也只能耐著性子，陪著學長把這年給過完。

「你調往國外沒多久，他就因傷退伍了。我們有派人去他的戶籍地看過，已成了建地，問週邊的鄰里，只知多年前，他母親過世後，就已離家。等過完年，咱們也好交接，到時，相關資料你全部都看得到。」

手機鈴聲響起，邦遠一接，只見臉色大變，驚懼中帶著憤怒。

「學長，怎麼了？」

雷烈才剛問完，就看見電視上的節目，突然變成新聞台的畫面。

「為各位插播一則緊急消息，國防部於稍早前發生爆炸意外，記者目前正前往瞭解，我們隨時會提供最新消息……」

雷烈震驚的起身，腦中直覺想起今早遇上的事。

「糟了……」

****

由於兩人都已喝酒，實在不能開車，邦遠只能趕緊叫兒子趕回住家，載著他們前往國防部瞭解。

「學弟，把口罩戴上，你的任命案年後才會公佈，別讓記者拍到。」

接近國防部時，看到一輛又一輛的 SNG 車停在路旁，門口擠滿各家媒體，攝影機已隨時待命。

「政戰局長的車來了！」

常跑國防新聞的記者，一看見車牌立刻呼嘯而上，大夥蜂擁而至，差點撞歪軍方與警方設立的封鎖線，一陣忙亂中，車子終於駛進。

下車後，邦遠迅速帶著雷烈前往事發的通信室，該處位於警衛室不遠處，平時鮮少使用，唯有連假期間，無人處理之時，才會將郵件與包裹暫放於此。

檢查官陪同法醫正在勘驗，這次爆炸，守備隊長第一時間抱著炸彈衝出室外，才未造成更大傷亡。隔著布簾，雷烈看著其內的身影，內心五味雜陳。

郭中校，下午還在跟他隔著大門話家常，現已成了一具屍體，整個上半身炸開，慘不忍睹。這種場景，雷烈雖不是第一次看到，可已退居多年，再次目擊，想起他的家庭，不禁鼻酸。

「我是政戰局局長──范邦遠，事發當下，還有誰在現場？」邦遠直接找上承辦的刑警。

「通信室裡還有一個上士。」

陳辭振刑警正在忙著與上級通話，也沒怎麼理會。直到邦遠帶著雷烈準備進入通信室，他趕忙衝來阻止。

「喂！你們要幹麼？」

「我們要進去瞭解啊。」突然被攔住，邦遠的語氣有些不悅。

「現在正在錄口供，你們想妨礙調查啊！」

「他是我們軍方的人。」

「現在，正在辦案，在外面等。」陳辭振一字一句的把話完。

「你這算什麼……」

「先生，發生這事兒，我們軍方也有權力跟義務協助調查，就請您跟長官知會一聲，我們各自負責該負責的，絕不妨礙。」雷烈趕忙阻止學長跟警方的衝突。

陳辭振這時的態度才稍稍鬆緩，手機的通話未斷，跟上級指示後，終於放行。

「有點心理準備，那位上士，身上還有黏著死者的血跟碎肉……尿都嚇出來了。」

「學長，你進去吧。」畢竟還未上任，雷烈也自知目前身份不符。

「在外頭等我。」

看著邦遠走進，雷烈轉身看著眼前吐大氣的刑警。

「陳警官您好。」他看著陳辭振的識別證，約三十來歲的樣貌，禮貌地伸出手。

「我才不是什麼警官。」陳辭振根本不想理他。

「我目前也不是什麼局長啊！」

陳辭振愕然地看著他一會兒，才想起要與他握手。

「我是雷烈。」

才放下友誼的小手，陳辭振繼續觀察周邊，似乎在躲著他的注視。

「關於裡頭……」

「偵查不公開。」

「我想知道，那名上士的精神狀況可好。聽你的敘述，能否讓他先換洗一下，起碼冷靜半個小時。」

「這件案子已經由我們處理了。」

「我只是提供意見……」

「阿振！」裡頭負責筆錄的刑警衝出來。

「進來幫忙，那個上士突然抓狂了。」

11

當兩人衝進室內，只見桌椅東倒西歪，錄製口供用的筆電及文件散落一地，邦遠正從背後環抱著該名上士，阻止他繼續失控。

「我只是在執行勤務啊！郵件跟包裹不是都要檢查嗎？」上士發了瘋似的大吼。

「為什麼會這樣！我不知道會爆炸啊！」

「問外面的醫生有沒有鎮定劑。」雷烈趕緊對阿振說。

見他只是愣住，雷烈整個大吼。

「快啊！」

阿振這下才快步去找醫生。

「沒事了，警察正在處理。」雷烈趕緊走到上士面前安撫。

上士看著眼前的人，徹底放聲大哭。

「長官……為什麼會這樣……」

雷烈這下才認得，他就是今天下午，在警衛室負責核對證件的憲兵。

「郭中校把我的包裹搶過去往外衝，然後……他就炸開來了……」

「這不是你的錯，懂嗎？郭中校是在保護你，保護你們所有人，他因公殉職，國家會給他的家人最好的撫卹與優待。你

12

如果要幫他，就得把這份口供給錄好，把事發情形詳細的告訴我們，知道嗎？」

上士點頭，眼淚隨著鼻涕一把流下，雷烈眼眶泛紅，任憑他靠在自己的肩頭上痛哭。兩名刑警在門口看見了這一切，也只能默默的把桌椅回復位置，收著自己的東西。

****

上士在兩方的陪同下，坐上救護車前往醫院，待心情平復後錄下口供。

根據所述，以及多方調查下，爆裂物是當天下午送到大門警衛室，調閱車籍資料以及該貨運行發現，車輛已在半年前通報失竊，想當然爾，貨運司機當然也不是他們的員工。

不知道是巧合還是挑釁，司機留下的名字，就叫做張祥斌。

爆炸案驚動高層，總統下令嚴查，所有人在年假期間，都提前回到各自崗位上。

會議室內，軍情局長才報告完，謝坤文與張福勇的臉色卻越來越難看。

「張福勇，老實告訴我吧，當年的案子到底是怎麼回事？對於你次子……我也是有孩子的人，同樣觸目悲感，只是，對方是因此案而來，你若不實說，我也很難幫你啊。」

　　見著他不語，謝坤文無奈地吐了口氣，直接拿起一旁的電話，把政戰局長叫進來。

　　睽違十年，雷烈再次見到張福勇。心中的怨恨仍在，但隔了那麼長時間，昔日的衝動已化為一層層的淡漠。

　　「政戰局長雷烈報到。」

　　「雷中將，辛苦了。一上任就得處理那麼棘手的事情。我們想知道後續如何處理，好向總統稟報。」

　　雷烈深吸一口氣。

　　「從案發當天的錄像，車子後來的行進路線，加上其他的紀錄看來，可以斷定是預謀犯案⋯⋯」

　　「這些事情，你的前任長官退休前，已經報告過了。」張福勇不耐地打斷他的話。

　　「現在我要說的是⋯⋯之後的調查與可能的發展。張祥斌預計會再次犯案，他的目標很明顯的就是針對參謀總長而來，原因⋯⋯直指當年的軍用巴士墜谷案。」

　　見兩人未有反應，雷烈繼續往下說：「那次意外涉及軍中違紀，根據張祥斌當年的口述跟記錄⋯⋯」

　　「我們現在指的是，張祥斌的下落！你懂嗎？」

　　見著張福勇粗暴打斷他的話，雷烈平淡的說了句：「要抓到張祥斌，得需要參謀總長的態度。所有的恐嚇信，都是直指長官你而來……我們還在等他的回應。」

　　「笑話，還得等到他發表感言？要你這政戰局長何用？」

　　「不然，此案全權交由警方調查，相信他們的腳步，絕對比軍方快速許多。」

　　張福勇的氣焰瞬間消退。

　　「我需要當年的案件資料……全數，才能推敲出下一步……」

　　分機響起，謝坤文接起電話，臉色一沉。雷烈一看，張祥斌果然來「敲門」了，軍情局長也立刻拿起一旁分機撥下指示。

　　「都佈局好了吧，部長？」張祥斌的聲音，出現在會議室的電話上。

　　「我是國防部長謝坤文。張先生，你寄來的信件，我們都看了，對於當年的案件，我們可以經由申訴管道……」

　　「申訴管道是個屁，唉……謝部長啊，怎麼連你也如此迂腐，本想說你是體制外的文官，理應能對付張福勇的舊系，看來是我太天真了。」

　　謝與張兩人互看了一眼。

「張福勇也在吧？哈哈⋯⋯老天爺瞎了眼，怎麼會是你當上參謀總長？不過，沒關係的，縱使你現在請辭，我依然會要你的命，所以⋯⋯你還是乖乖的坐著吧。再怎麼隻手遮天，再怎麼掩蓋你兒子當年所做惡行，到頭來，你們父子倆⋯⋯還是不得好死。」

雷烈立刻捉住張福勇的手，阻止他的拍桌。

「當年的事情，你願意告訴我嗎？」謝也趕緊跟上張祥斌的說詞，好讓外頭的電訊技術士持續追蹤。

電話那端，沉默了幾秒。

「雷烈中將，好久不見了。在國外可安好，良心過得去嗎？」

「張先生，我們很願意幫助你⋯⋯」謝坤文話未畢。

「你給我閉嘴，現在不是國防部長說話的時候！」張祥斌立刻吼了回去。

「雷烈中將，武官生涯還愉快吧？夜夜笙歌，香檳美酒，這可是很多將軍為之嚮往的生活啊!」

雷烈心中震盪了一會兒，他知道張祥斌在激自己，千萬不能亂⋯⋯

「回答我啊！雷烈！」

他甩開張福勇的手。

「我一回來，就在國防部的門口遇上你，已非昔時模樣……當年的案子，沈冤莫雪，牽連甚廣，我無法給小白一個公道，也辜負你的請託。但是，賠上一個中校的命，值得嗎？」

張祥斌未回話，雷烈接著說：「如果，讓張福勇下臺，當年的案件重審，是你的主要訴求……好，我們答應，但是，你必須出來自首……」

「我為什麼要下臺？」張福勇不甘示弱表示。

謝坤文倒抽一口冷空氣，差點沒把他給掐死。

張祥斌本在反思之中，因張福勇的一句話，迅速拉回了現實。

「雷烈啊，你差點把我唬住了，真是厲害，搞政戰的果然巧舌如簧，能言善道。十年前，我就是這樣被你騙得團團轉！把所有能告發張駿林的證物都交給了你，以為你能替小白告發，替他……伸冤。」

張祥斌的呼吸急促，帶著哭腔的嗓音繼續說：

「張福勇必須得死，我用自己的命，把他拉入地獄，讓他跟兒子好好團聚！」

「老子我怕你不成！」張福勇也不甘示弱地回應。

「閉嘴！」雷烈差點揪起他的領子。

17

「雷烈，遊戲開始了。」張祥斌邊說邊笑，如此哀絕卻又戲謔。

「張祥斌，我們可以好好談……」

「我在軍中，有本事，就找到我吧！」

電話一掛，會議室裡的三人頭皮發麻，毛骨悚然，在軍中……這是什麼意思？

「報告長官，訊號丟了……」技術士臭著一張臉走進來。

「下去吧……」謝坤文淡淡地吩咐著，眉頭卻已深鎖。

門一關上，他率先發難。

「這案子，我會直接回報總統。張福勇，你若還有點骨氣，就主動請辭吧！」

「怎麼只有我要負責？你是國防部長，該先請辭的，你也有一份！」

「兩位長官是怎麼了？忘了郭中校那條命，還等著我們替他討回嗎？」

看著兩位長官互推皮球，像是小孩子過家家一樣的爭執，雷烈實在怒不可遏。

「等你們爭論完，再找我好了。」

他氣憤的站起，欲走出會議室，軍情局長連忙拉住，卻被一手甩開。

恬不知恥、朽不可雕、無可救藥，打開會議室的門，他內心不斷地咒罵著，直到看見一群相關人員在外頭等候。

「長官，裡面現在……？」資通電軍的指揮官，小心翼翼地問著雷烈，所有人都在等候接下來的命令。

裡頭的紛爭，並沒有因為雷烈的離席而有所消停，不堪入耳的謾罵傳到眾人耳裡，到底是為了主張，還是為了自身的利益？

雷烈只知道，郭中校不能白死，縱使嫌惡裡頭的兩位長官，但還是得靠他們，才能讓案子繼續查下去，起碼此時此刻是有用處的。

「我們……一起進去吧！」

張祥斌，你要玩，我陪你，老子跟你硬嗑了！

滲透遊戲

第二篇

今夜，一架運輸機正艱難地深入敵方營區。

夜間跳傘本就帶有一定難度，又遇上天候不佳，原本預計一萬英呎的高度，只剩下不到五千。所有人在機艙內，被一陣又一陣的鋒面襲擊，大風混雜著雨水，高低起伏間，蕭隊正走向跳出口。

「底下有幾台裝甲車在追了，跳還是不跳？」

風雨聲之大，飛行教官扯著喉嚨問著蕭隊。

「跳！」對此情況，蕭隊早已見怪不怪。

「各位弟兄，今晚的天氣，各位都看見了，可我們是身經百戰的軍人，相信大家都能平安無事。」

蕭隊半截身子望向雲層中，隱約有個地方冒出火光，代表集結點已到。

「現在時間么拐洞洞，全員起立，準備跳出。」

所有人排成兩列，以三秒為一單位，接連從左右艙門跳下。

「沈曼妃，妳跟我一起行動，不許脫隊。」換到她時，蕭隊抓住她的肩頭特別提醒。

雖然不情願，但跳下的時間分秒必爭，只能下去之時，對他比了中指。

真是惡劣的夜晚，大風刮起，落在差距近一公里的甘蔗田內，她迅速地收傘，才剛找到掩體趴下，方才追著飛機跑的幾輛雲豹（裝甲車），正朝著集結點開去。

「幹他的，他們真來了，很煩吶！」

幾個裝步連（裝甲步兵連）的士兵，經過曼妃隱藏的地方，整個人是邊跑邊罵。

「不來才奇怪吧？」另一名士兵回答著。

「每次測考都有我們一份，這次肯定也有啊。」

「媽的，抓到落單的就給他狠揍！」

曼妃躺在濕潤的泥地上，忍不住嘴角上揚。

「你……你最好是敢揍，長官都……都講了，保持距離……就好。」一個有口語表達困難的士兵回他。

「你你你你你打得過嗎？」

語畢，眾人開始訕笑。

等到他們跑遠，曼妃俐落地起身，抱著尚未收齊的傘，迅速往集結點集合。到達時，看到蕭隊等人已換裝成功。

「動作快點，他們方才來過，我們得迅速趕往下一地點。」

「隊長，小高跟阿德呢？」曼妃一邊換裝，一邊問著。

23

「風把他們吹得太遠，只能犧牲他們。」

雖然只是測考，小高跟阿德就算被對方抓到，也只是帶回，交由所屬營區的長官及裁判官處理，可在當下，兩邊難保不會有肢體衝突⋯⋯

況且，今晚的風真的太大了。

「沈曼妃，妳要去哪裡？」蕭隊見她走遠，趕緊吼她回來。

「我去找他們⋯⋯」

「混帳！幹什麼東西？妳又想充英雄是不是？」

「真要拋下他們？」

「妳他媽第一次跑任務是嗎？走啦！」

「你已經不是第一次這樣幹了！」

兩人怒目對視，與蕭隊合作多次，也隱忍多次，終究讓曼妃不可抑制。

「學姐，時間有限。」大黑從隊伍裡走出勸著。

縱使不情願，也只能跟著隊伍繼續挺進。

一路上，她跟著大黑並排走著，想起那兩個被拋下的弟兄⋯⋯曼妃始終覺得不妥。

24

回憶起上次的演習，同樣也是兩個同袍被犧牲，只因其中一個弟兄的腳在落地時負傷，蕭隊吩咐大黑去照顧，卻為了趕路，沒有即時通報裁判官，導致敵方發現後遭到群毆。

負傷的那位同袍……聽說，打回原單位，帶著腳傷直到退伍，這幾年的努力，全部化為烏有。

曼妃側頭看著身旁高頭大馬的學弟，長得一副好體格，聽說當初為保護傷兵，連抵抗的念頭都放下了，死命護著人跟槍。

想到此，不免沉重地吐口大氣，此舉卻觸犯到前頭蕭隊敏感的神經。

「沈曼妃，隊長給妳當啊！有意見回去跟長官反應，少在那邊給我五四三。」

「我說什麼了嗎？正在趕路，雷達就在正上方，你可以再大聲一點沒關係。」曼妃沒好氣的回應著。

蕭隊直接朝她身上踢下去。

「別以為妳是女人，我就不敢揍妳。」

「隊長，不要這樣。」大黑擋在兩人之中，趕忙阻止學姐起身反擊。

其他隊員間彼此互看，誰也沒敢出來。

「你們在幹麼？」一名軍官從不遠處撥開草叢走來，看著一群突如對著他的槍管。

「比原先時間耽擱半個小時不講，現在還起內訌，演習要不要繼續執行？」

「是自己人，把槍放下。」蕭隊邊說，邊惡狠狠的瞪著她，示意曼妃小心點。

「離機槍陣地還有 10 分鐘的路程，我都聽到你罵人的聲音，所以才過來看的……」對方邊說邊往另一邊瞧。

「妳就是沈曼妃？」

「報告，是。」回應的同時，她也在觀察對方的身份，以及姓名。

「統指部下令，妳不用參加此次演習。外頭有輛軍用吉普，我帶妳過去上車。」

對於這項緊急命令，曼妃忍不住瞪大雙眼，看著蕭隊接過他手中的公文，閱畢後在一旁得意笑著，心中不免臆測著。

「報告長官，有知道是為什麼嗎？」

「上車就上車，廢話那麼多。」蕭隊巴不得她趕快滾。

「到了，自然就會知道。」該名軍官平淡的表示。

　　曼妃只能跟著他的腳步離開，臨去前，她擔憂的回頭看著其他弟兄，尤其是大黑。

　　「一切保重，隨時留意。」

　　「裁判官，要在原地等你嗎？」蕭隊問著。

　　「繼續前進吧。」他說完，狹促竊笑的小表情，曼妃看得是一清二楚。

　　越過一段時間的草叢，看著比自己矮一個頭的長官，她握著裝滿實彈的步槍，迅速的扣起扳機，瞄準其後腦勺。

　　「鐘少校，車子在哪裡？」

　　以往演習，裁判官遇到這種自己人打自己人的狀況，幾乎是能閃則閃，深怕引火燒身，鮮少有居中斡旋之士，而他只是下達命令，並未表明身分，怎麼看都很可疑。

　　「蕭隊沒問你口令，我身為副隊長，一時之間也忘了程序……這場任務是不是失敗了？你是藍軍的人，對吧？」

　　鐘少校回頭，漠然地看著那把隨時擊發的武器。

　　「沈曼妃，把槍放下。此次演習與我無關，不過，蕭隊長的缺失，我會交待統指部記上。」

　　「你到底是誰？」曼妃一步步逼近。

「再靠近一步，周圍的特勤就會衝出將妳擒拿。權衡利弊，是要被五花大綁抬上車，還是繼續跟我走，全由妳決定。」

這什麼情況？參加演習那麼多次，還會遇上這樣的事？

「你繼續帶路，槍我是不會放下來的。」

鐘少校用鼻息代替他的不屑，繼續回頭走著，曼妃從風雨聲中聽出，除了兩人之外，四周也傳來踩踏草叢的腳步聲，同時！

意即，對方已將自己包圍，按照這距離，起碼 6-8 位。不管接下來會發生什麼事，曼妃現在只想罵幾聲髒話來壯膽。

直到鐘少校帶著她步出草叢，眼前已是產業道路，一旁的軍用吉普車早等在路旁。

「把槍放下，沈曼妃。」從車裡走出一名統指部的同階。

圍著兩人一起走出的，是另一軍種的特勤隊，這下才看清楚周圍的人，瞬間腦容量過載，不禁翻了白眼。

「裝備卸下吧，我幫妳保管。」

鐘少校剛伸出手，曼妃警戒地退後幾步。

「叫妳交出來聽到沒有？」黑衣小隊的隊長朝她吼著。

曼妃這下真的忍無可忍了。

「長官，你一個政戰帶著我，一群夜特拿槍指著我，統指部搞了一台車來載我，現在是哪招？這是哪個我們不知道的任務？」

「妳手中的槍握有實彈，我們不敢大意。」鐘少校說。

「然後呢？」真不虧是政戰，四兩撥千斤的說出沒有重點的答案。

「放下槍，繳裝備，聽不懂是嗎？」小隊長又朝她大吼。

「吵死了！你們實彈，我也實彈，有本事就擊發啊！」

三方持續對峙，直到後頭一台廂型車緩緩駛來。

「還沒搞定嗎？」

車門一開，所有人的注意力，全往車內出聲的人瞧。

瞬間，所有人放下武器。

「長官好。」

雷烈的座駕一直跟在後頭待命，這次找人，碰巧遇上這麼個「天時地利人和」。

要找的人，
不在部隊，
執行測考，
正在對峙。

29

「沈曼妃，把槍跟裝備交出，上車。」

錯愕的被撤下裝備跟配槍，後頭還推了她一把，示意她快點。

「幹什麼東西，我自己會走！」她不悅的往後一揮。

只是，曼妃的這個舉動，換得被擒拿的下場外，還被壓制在地……

是飄然嗎？錯，是茫然。

頭上有幾枝裝有實彈的步槍對著妳，大概也只能把思緒放空，靜待下文了。

事情超乎當初的推演，鐘少校擔憂地看著車內的長官。

「長官，需要陪同嗎？」

「不用，我親自帶她北上……好了，可以放開了。」

「報告長官，若是直接讓沈少尉上車，怕是不妥。」夜特的小隊長說著。

「怕我打不過她？」雷烈半開玩笑地反問。

「沈少尉恐有逃走的疑慮……」

「你才逃走，你全家都逃走！」曼妃不甘示弱的回嗆。

「長官，還是把她綁起來吧。」鐘少校擔心之後的發展。

　　縱使雷烈不是很贊同這項做法，可時間緊迫，還是讓負責人員將她四肢反綁，抬到車裡。

　　曼妃被扔進座位上趴著，她側頭看向眼前兩顆星的長官，都到這節骨眼了，再抵抗也於事無補，滿懷一堆問號，正想著要如何開口。

　　「妳不用緊張，一來沒犯法，二來有任務委託於妳。」

　　她不禁哼笑一聲，沒犯法……能綁成這樣子？

　　「如果雷中將不介意我這一身泥巴……」

　　話未畢，準備開車的侍從官忍不住回頭看她。

　　「回去再清理吧。」雷烈也只能吩咐下去，畢竟，事發突然。

　　仕從官點頭，隨即把對後方的小窗關上。

　　「我是國防部政戰局局長——雷烈，任務緊急，再加上找妳時，耽擱了一些時間，必需親自前來。」

　　從軍這七年多來，曼妃頭一次在長官座車內跟兩顆星的長官說話，她設法將身子微微挪動，找到出力點坐起身。

　　「長官好，航特部高空特勤中隊第四小隊副隊長，沈曼妃報到。」

雷烈伸出手，幫她把頂上的鋼盔脫掉，他細看這位女軍官的眉宇和神韻，簡直是如出一轍……

「我們比對在軍中所有的資料，確定妳最適合參與此項任務。當然，現在軍中採取人性化管理，還得看妳願不願意。」

曼妃忍不住笑了，人性化管理？現在這樣子還真打臉！

況且她的人生，也從未給她選擇的餘地。

「此番任務十分凶險，甚至有性命之危……」

「報告長官，軍人的天職是服從。」

這番冠冕堂皇的話，從曼妃的口中說出，聽得是格外刺耳。

選擇當兵，是為了活著，是為了往後有著不愁吃穿的平穩生活。她無父無母，有意識開始就是在育幼院長大，為了多吃一口飽飯，多一件外人捐贈的暖衣，挨打、委屈沒少受過。

雷烈看了她許久，不語。

「回台北的路上，還有點時間，妳就先睡吧。」

說實話，這幾個禮拜的演習，曼妃的神經已繃到極限，每回演習結束，別人爽放榮譽假之時，她就是在營中狠狠的睡，不知何年何月。

她沒有回話，只是聽見可以睡覺的指示，閉上雙眼不到幾秒，便傳來沉重的鼻息，不時伴隨著因過勞而產生的身體抽搐。

　　睡著的速度之快，雷烈倒是明白得很，拿起一旁的紅色公文，他繼續看著沈曼妃從官校時期到現在的紀錄。

　　「可惜妳是個女人。」

　　半晌，雷烈突然改口。

　　「或許，也會變得很簡單，就看妳的造化了。」

渗透遊戲

第三篇

　　一台台的遊覽車，停在新訓中心的大門前，兩個熟悉的身影，隨著人潮一同下車。

　　輕而易舉按照指示蹲下待命，隨後，兩人直接越過體檢一關，進到旅長室報到。

　　指揮官拿著上個禮拜接過的公文，看著眼前兩位執行任務的新兵。

　　「我已經跟你們所屬長官交待過，以兩位方便為主，可這裡畢竟是新訓中心，該按表操課的，還是得要遵守，別讓其他人起疑……讓我們兩方都好做事。」

　　指揮官特地走到她面前。

　　「妳知道自己的狀況，我就不再提醒，能撐多久是多久。」

　　「報告指揮官，新兵『池光熙』明白。」

　　「第三天，憲兵的人就來選了，楊子民，知道該怎麼閃吧？」

　　「報告，知道。」大黑回應。

　　「希望你們任務順利……不要再犧牲任何一個軍人的性命。」指揮官這話，說得是無比沉重。

　　可這樣的氛圍沒多久，就聽見一個歐巴桑在外頭嚷嚷。

　　「吳團長，外面是怎麼回事？」指揮官問著一旁的軍團長。

36

「報告指揮官⋯⋯是陳媽媽。」

指揮官不禁眉頭緊閉，嘴角也抽了一下。

「你們兩位，出去直接跟著陳媽媽走。」

兩人面面相覷，直到步出門外，吳團長趕緊陪著笑臉。

「陳媽媽啊，怎麼啦？」

「你們那些阿兵哥是怎麼回事？理個頭而已，都排到年輕的那邊，我們這些老的都沒人排啊！值星官是幹什麼吃的，也不會調度一下，我跟他講也不理會，耳聾是不是啊？」

「喔⋯⋯那個啊，哈哈⋯⋯池光熙，楊子民，你們兩個跟陳媽媽一起走。」

我去⋯⋯現在的身份為池光熙的曼妃，忍不住回頭看著吳團長，敢情是要我們去應付髮婆[1]啊？

「學⋯⋯同梯欸，就去吧。」身份為楊子民的大黑，只能拉著已石化在原地的池光熙，跟著笑臉盈盈的陳媽媽身後，前往新兵集合處的一角。

從官校畢業後直接服役，早已見識過髮婆辣手摧花的能力，她怕的不是衛生問題，也不是頭髮被剃光頭的恥度，而是那些

---

[1] 髮婆，意指跟軍中簽約的理髮小姐，多半是民間理髮廳的阿姨，約半個月至一個月入營替阿兵哥理髮。新兵於新訓中心報到第一天，肯定是會遭遇髮婆的。

髮婆為了賺多點阿兵哥的錢，一個比一個還要粗魯，要是不注意，剃刀直接挨上耳朵，噴血的事情也是有的。

本想以為，自己跟大黑在外頭已剃了六分頭，進入營區內，長官也會看在執行任務的份上，禮遇兩人幾分。

沒想到⋯⋯唉，躲得過體檢，躲不過髮婆。

「唉唷，少年仔免驚啦！阿姨剃了三十幾年的頭，比那些年輕的還要熟練，安啦！」陳阿姨對著光熙下手前說著。

她側頭看著正在被蹂躪的大黑，魁梧的身軀也只能屈就在髮婆的淫威之下，本想眼睛一閉，忍忍就算了，沒想到電推一下來⋯⋯

幹！好痛啊！

曼妃下意識縮著，還被陳阿姨打肩膀。

「小帥哥，你不要躲，忍一下就好了。」

短短的五秒，宛如五十分鐘一樣漫長，她驚恐的看著周圍的同梯，對自己投以同情、嘲笑、憐憫、恐慌的眼神，伴隨 Sad Romance[2]的小提琴聲，無比哀戚。

---

[2] Sad Romance，韓劇【青青草原】配樂之一。

事後，兩人無言的把頭給沖洗一遍，曼妃看著鏡子前的自己，變了光頭不說，頭皮還被不利的電推弄得起塊狀紅疹，重點是，還沒推乾淨……

「原來，傳說都是真的……」

她幽幽的自語，想起先前，官校畢業後下部隊的回憶，女兵是不用剃頭的，剪太短還會被長官唸。

當初，只是遠遠看著那些菜鳥被髮婆抓來剃頭，像是觀賞清境農場綿羊秀一樣的滑稽，帶頭的同梯還在旁邊訕笑說哪有那麼誇張？

可如今……

「可以了啦，學姐，起碼沒剃到耳朵噴血的地步。」大黑小聲的在身邊說著。

「有沒有菸，我想靜靜……別問我靜靜是誰。」

「欸欸欸！等等還要集合，別任性了，醒醒。」大黑趕忙拉住她，黝黑的雙手抓住曼妃的雙肩搖著。

只是，這樣的畫面看在幾個同梯眼裡，多了點腐味。

「呃……你們還要用洗手台嗎？」眼鏡男發問。

大黑跟曼妃同時看著身後幾個人，隨即拉開距離走人。

「他們，是不是……」剛剛說話阿猴對著另外兩人問著。

「我怎麼知道？不要來捅我就好了。」一副事不關己的阿成說。

「有可能是喔⋯⋯」

另一個，同樣也是黝黑的皮膚，雖沒有像大黑那般魁梧，卻也是精壯型的阿諾說著⋯⋯帶著一抹笑意。

****

原本以為，第一天就是這樣了，再悲催也是今天上午被髮婆蹂躪的記憶。

兩人在互相掩護下，順利的在同一間浴室洗完澡，曼妃迅速的穿上束胸，跟著其他人返回寢室。

「終於啊⋯⋯」

打掃完畢，曼妃躺在上舖，整理上課時班長發的小卡，慶幸自己熬過第一天，只要睡完覺，髮婆的夢魘就會隨風而去，她是這麼認為的。

「大黑，小卡記得收一收⋯⋯」

打呼聲，代替他的回答。

「靠，你是怎樣嘞。」

曼妃罵歸罵，還是幫睡死的大黑裝上蚊帳，想起在山上的日子，學姐學弟之間也是比鄰而居，互相幫襯。

曼妃在山區營中的資歷，讓她成為一方勢力，保護著因意外出櫃而遭到全隊排擠的大黑，相對的，你若不離不棄，我必生死相依，大黑也是一直跟在曼妃身邊，陪伴著。

縱使兩人的背後不乏暗箭及耳語，但蒼天可鑑，終有人會明白這份友誼的純粹與可貴。

仔細地包好蚊帳，才剛跨回自己的床位，一雙熱烈的眼神便與曼妃對視。

「嗨～同梯的，你叫光熙對吧？」

縱使在對床，曼妃還是聞得到他發情的味道。

「我叫顧建德，你可以叫我阿諾。」

「喔……你好。」禮貌性一笑，曼妃迅速掛起自己的蚊帳。

眼看就寢時間快要到來，掛好蚊帳後，看著那叫阿諾的人還在燈光下曬肌肉，她忍不住說：「同梯的，要就寢了，蚊帳趕快掛一掛。」

「你那麼關心我？」

曼妃被吃了一記豆腐，心中暗自咒罵，才剛滲透第一天，得把大學姐的氣魄收一收。況且現在不是重點，而是之後的小選[3]，她跟大黑得想辦法擠進去。

---

[3] 在義務役期間，新訓時會遇到憲選、小選小抽、大抽的三次抽籤。

　　鑽進蚊帳內，外頭的紛擾與我無關，曼妃敞開了冬被蓋上。重返新訓，竟是以男人身份，過得了今日，往後呢？

　　跟雷中將舉薦大黑，無非是為了把他即時拉出特勤隊，她不在山中一天，大黑不知會發生什麼意外？

　　更重要的原因，是因為自己的性別，被識破是早晚的事。那麼，多一個成功滲透的保障，也比自己單槍匹馬來得強。

　　池光熙……是的，她還在消化現在的身份，跟著雷中將回到台北，人生第一次進到國防部裡，親見了部長，甚至是總統。

　　曼妃明白肩上的重擔，無非是來自於一個瘋子，一個為了十年前的冤案，用盡一切辦法，欲刺殺參謀總長的神經病。

　　只是，為何指定自己執行這個任務？

　　「如果能讓妳提早進入狀況，就當作是美人計吧。」

　　雷中將的話言猶在耳，她還記得當時，總統掩嘴偷笑的畫面。

　　「去你媽個蛋……」曼妃睡著前自語著。

　　可這樣沉靜的氛圍，卻被一聲聲的啜泣給打斷了。

　　「嗚嗚嗚……我要回家……」

憲兵會先到新訓中心看有無適合的阿兵哥，再來是特種部隊，儀隊會視缺員情況。前面被選到了，就不會有之後的抽籤。

　　搭配夜半壁虎的叫聲，曼妃拿起一旁的手錶，看著時間，才兩點……誰在那裡哭啦？

　　「媽媽……」

　　壁虎叫。

　　「我要回家……嗚嗚嗚……」

　　壁虎叫。

　　「靠北喔？睡覺啦！」不知哪一床的同梯在罵人。

　　我的天哪，我是在軍事體驗營，不是志願役的寢室，這到底是有什麼好哭的？

　　被吵醒的人越來越多，寢室間充滿著翻身、謾罵、打呼，以及從未停息的壁虎叫聲。曼妃把自己埋在被子裡，阻斷了菜鳥的哭聲，她不懂思鄉離愁，只記得官校就寢的第一晚，睡得如此香甜且舒適。

　　或許，這些哭聲背後所包含的無奈與恐懼，她一生都不會明白。

　　「欸，同梯欸，同梯欸！」

　　隔著蚊帳，鄰床的同梯戳著她的背，曼妃轉頭看著他。

　　「幹麼？」又怎麼了？

　　「你睡得著喔？這床很硬欸。」

43

「⋯⋯」

「我家是做床墊的，獨立筒睡習慣了，這個真的很⋯⋯」

「睡～覺～吧！」曼妃不耐煩地回他。

「陪我聊天嘛，我叫阿福，住在鳳山，你嘞？」

我管你什麼福不福，家裡是做什麼的，老娘現在只想睡覺！

「⋯⋯池光熙，台北人。」曼妃說完，再次把被子蓋上。

可清靜不過幾秒，班長連同值星班長走進寢室直接開燈，先是把熟睡的寢室長抓起來唸了一番，然後，全員下床集合。

「第一天嗎？很正常。班長體恤各位辛苦，水土不服，也就不罰各位。」

聽到班長不罰，大家的表情瞬間放鬆不少。

除了曼妃。

她不但得盯著睡眼惺忪的大黑，面色凝重地等待班長的後話之外，阿諾那雙的眼神，也在從頭到腳打量著她。

「班長帶大家玩個遊戲，叫做『袍澤之情』。軍中是個有愛的地方，先從擁抱室友開始。」

曼妃忍住怒火，蹦著一張臉靜候班長命令。

「首先，擁抱你左邊的室友。」

這下，所有人瞠目結舌，不知所以。

「抱啊！」值星班長吼著。

只見大黑從曼妃後方抱住她，他這下終於清醒了。

曼妃則是抱著阿福的背，兩排人馬無言又尷尬。

原本就在哭泣的菜鳥，哭得更大聲了。

「可見大家的袍澤之情還不夠啊，再抱緊一點。」

曼妃嘆息，只好環抱阿福的腰。

「欸你那根不要頂著我的背。」

阿福本就不高，被一個同性從後方環抱，整個人是草木皆兵。

「我沒有好不好……？」曼妃低聲回著，我是哪來有那一根？

「聽班長口令，原地跳三下。」

我去……曼妃的白眼都快翻一圈了。

「一！」

第一跳，聽到幾聲哀嚎。

「二！」

第二跳，有幾個新兵抓不著力道，直接倒半排。

「幹什麼東西？才第二下就腿軟了？排回去，恢復上一動。」

曼妃差點要飆髒話出來。

就這麼被玩了近半個鐘頭，終於捱到最後一步。

「班長也不是那麼嚴格的人，三點了，大家也要睡覺。最後，跟你們對床的弟兄擁抱一下，開始！」

曼妃全身緊繃地迎向居心不良的阿諾。

「你的手最好安分點。」曼妃在他耳邊悄聲說著。

「你愛人在這裡，我不會太張狂的。」阿諾的話，輕浮又噁心。

「只是你的身體，就像個女人似的，這真是……」

他的手欲從曼妃的屁股探入，隨即……

「要是再往下摸一吋，我很確定，你會意外身亡。」

曼妃剛說完，一旁的大黑立馬覺得不對勁，朝下方一看。

「把手拿開。」

平常溫馴的大黑，彷彿變個人似的，兩方注視間，他眼中的肅殺之氣一觸即發。

「停！現在聽口令，三秒鐘之後，班長不要再看到寢室裡，有我跟值星班長以外的人影，稍息以後開始行動，稍息！」

就在三秒之中，曼妃迅速的推開他，躍回上鋪，鑽入蚊帳。

她明白，短時間內阿諾不會放過自己。

同樣都是 Gay，阿諾怎麼就跟大黑不一樣？罷了，Gay 也是人，也有分好壞。

大黑翻動了下身子，隔著蚊帳在觀察學姐，曼妃下意識的朝他摸了摸頭，示意他放心。這是兩人相處久了，貫有的默契。

夜，又這麼靜下來，不知何處的壁虎，叫聲依舊響亮。哭泣的新兵被班長帶走輔導，離開寢室前的腳步聲，終究還是被曼妃記在心裡。

憲兵會先到新訓中心看有無適合的阿兵哥，再來是特種部隊，儀隊會視缺員情況。前面被選到了，就不會有之後的抽籤。

****

入營第三天，曼妃跟大黑裝著傻愣的，聽班長的話，打算報考志願役。

隔壁床的阿福，用一種在看怪物似的眼神，盯著兩人瞧。

「你們是笨蛋嗎？班長叫你們考就考喔？」

「不會啊，我們本來就有興趣。」

「傻傻的，天堂跟地獄都看不出……來……」

「說誰傻傻的？」阿諾自己也決定報考，在一旁瞪著他。

「欸我跟你不熟啊。」阿福也不客氣的回他。

「人各有志，就不要相互批評了。」

曼妃趕緊止住爭執，想當然爾，兩人各自回頭做自己的事，都不搭理她，只好自己聳肩，又多管閒事一次。

她看向那晚哭泣的新兵，手臂上圍著紅臂章，獨自一人在坐在下舖發呆，散漫的望著他處。

關於他的傳言，當天就傳遍整個營區，家中獨子，母親病重，自己還有點痼疾，聽得誰都不想招惹他了。

本想走過去跟他說話，班長卻突然進入寢室，喊著一群人的名字，也包括自己跟大黑。

「五分鐘內著裝完畢，連集合場集合。」

迅速著裝完畢，跑向集合場，竟然是兩個不同單位的選兵官，其中一個是憲兵的，她曾看過，那另外的是？

「兩位長官好，這些都是即將報考志願役的新訓兵。」

這下糟了，這不是成了志願役後才會有的狀況嗎？眼神交換彼此的疑惑，見招拆招。

「不厚道啊。這我們先來的。」

「都民國幾年了，哪裡還有什麼先來後到的。」

「憲選本就是第一順位，你們隊長沒說嗎？」憲選官的笑容越來越嚴肅。

「你是說之前的隊長朱士偉啊，就是因為之前的選兵官亂選，出了問題……被～拔～了～」另一方的選兵官，說話斯文，字裡行間卻有股陰毒。

曼妃看清楚他頭上戴的帽子，儀隊無誤！

「第一次來，我就告訴你，憲選為第一順位，這是規矩！」

「有什麼好氣的？今非昔比，這些孩子還不是正式的志願士兵。」

「那你們來幹麼？」

「同樣的問題，還給你。」

憲兵與儀隊的選兵官一起，兩方在司令台上交手，活像在講相聲似的。

兩邊的選兵官，洋洋灑灑的介紹自家的好處，報考志願役是最好的選擇，薪水穩定，國家培養第二專長等話。

這本是人才招募中心的工作，見著選兵官為了佈局而來這裡宣傳，著實有趣。

反正她就在台下隔岸觀火，只是……

「這孩子體格不錯啊。」憲選官跟儀選官同時看上蹲在台下的大黑。

「謝謝長官。」

「好好考啊，之後進到志願役，馬上來我們憲兵這裡。」

「加油，你是旗手的料。」儀選官也在一旁說著。

看著大黑手足無措地看向台上二人，曼妃不禁笑場。

「隔壁這位……是女兵嗎？」

憲選官話畢，周圍的全笑出來，曼妃尷尬地蹲在原處，看著台上二人。

「長官，這一連都是男的。」連長在一旁提醒。

「怎麼見你有點眼熟啊？」

曼妃這下心中一緊，糟糕，他記得我？

「你……」憲選官思索了幾秒。

「是不是有一個姐姐，姓沈，也在當兵？」

「報告長官，新兵池光熙，沒有姐姐。」曼妃謹慎的回答。

「真的嗎……還是她姓池……」

「憲選官，用認親戚這一招，不錯啊。」儀選官拿著麥克風嘲諷。

「我是真的對他有印象啊……」

「這孩子儀表端正,就不用勉強了吧?池光熙,站起來。」

她迅速起身,立正站好。

「身高多少。」

「報告長官,一百七十六公分。」

儀選官挑了下眉頭。

「是還可以,備用吧。」

好吧……論身高,176 公分是入選儀隊的低標。

曼妃蹲下,別有深意地看著大黑,就算自己進不去,還有他呢,首期任務也算成功。

會後,班長在訓練教室再一次的宣揚志願役的好處。

「班長也是提供一個機會給大家,別說班長都不講啊~」

阿福在一旁用唇語模仿班長說話的嘴臉,曼妃竊笑,又剛好對上阿諾別有用心的注視。

這真是……曼妃感覺有點反胃,怎麼會有如此油膩的笑容。把頭轉向另一側,本想跟大黑交待幾句話,卻看見不遠處紅臂章口中念念有詞,身邊幾個鄰座的不時朝著他看。

「剛剛呢，班長已經把幾位弟兄的報考資料交上去，還有三天時間，大家可以考慮一下。」

突然，紅臂章似乎打了雞血似的，整個人起身往後排跳出，差點壓到後座的人，直往窗戶跑去。

他這是要跳樓啊！

就那幾秒間，曼妃也欲起身往後跳，直覺的想救他，立刻被大黑拉回座位。

「這是二樓，冷靜。」他壓住肩膀，在她耳邊小聲說。

可惡，還是擔心起無關緊要的人。曼妃看著眾人譁然鼓譟，幾個班長跟熱心的同梯直往窗台衝，自己卻只能焦急的坐在原處，忍不住捶桌。

紅臂章就這樣從二樓跳下去，人沒死，可傷是一定的。

「沒事的。」

「他媽的，真沒意思。」

曼妃爆了聲粗口，不小心說出本來的聲音，她下意識的掐住喉嚨，眼神卻對到一臉疑惑的阿諾。

「幹麼？」她沒好氣的問他，隨即把視線放回前方。

****

當晚，比紅臂章跳樓更甚的，是阿諾公然朝班長指控的內容。

「她根本就是女的！」阿諾指著曼妃。

「你在亂講什麼？你無故闖到浴室裡面看人家洗澡，我還沒跟班長反應呢！」對著他咆哮的，是一旁的大黑。

寢室內的所有人看著暴風的核心，抱持著看好戲的心態。

「你是有病喔？」阿福在一旁看不下去，順手摸了一下曼妃的「胸肌」。

「奶子跟胸肌是不會看嗎？還是在你眼中兩個都差不多？」

曼妃一臉不悅地看著阿諾，在洗澡的時候，他真的就衝進來看，要不是班長進來時，大黑適時的擋著，今晚早已露餡。

只是，提前就被識破身份，這也是風險之一。

她曾問過雷中將，為什麼不直接把她跟大黑送到儀隊，他只說避免打草驚蛇。

只是，雷中將啊，你可曾想過會有此等意外。

班長在旁，無奈的聽著阿諾荒謬的論調，他打從心裡不相信，只是，他還是得處理。

「池光熙，把衣服脫了，讓大家公證吧。」

果然，還是到了這一刻，曼妃嘆息，自己的任務終究是失敗了，性別這種事情，終究無法橫跨軍中的籬藩。

衣服才拉到一半，寢室外突然走進一人，安官趕緊敬禮。

「營長好！」

大家都以為營長已回家，此時卻突然折返，大夥都沒想到這情況。事出緊急，營長手中還拿著車鑰匙，鼻息也聽來急促。

營長與曼妃對望，她知道營長是個明白人。

「怎麼了，池光熙？」

「那個……舅舅……」

「在軍中，別叫我舅舅。」

一聽到這幾句話，其他人趕緊收起看熱鬧的眼神與心態，原來池光熙後台那麼大！營長的外甥。

「班長，跟我出來。」

營長說完，轉頭就往外走，班長趕緊指示寢室長讓其餘人等就寢。

性別事件暫時落幕，自此之後，曼妃的手臂上也多了紅臂章。外面的人都在傳，營長有個身患「隱疾」的外甥，想當然爾，又是其餘弟兄茶餘飯後的話題。

　　唯有阿諾，被班長口頭警告，心中仍忿忿不平，為了志願士兵報考，他把這怨氣給忍了。

　　什麼男性女乳症？那根本就是胸部！

　　「『奶昔』真的是營長的外甥啊？」自從隱疾被公開後，池光熙有了新外號。

　　「管他什麼甥？營長的畜生我們也不能惹啊。」

　　「這樣還能報考，這算哪門子隱疾？」阿諾坐在一旁碎念著。

　　「你就不要再執著了，就算是『那方面』的隱疾，他的背景跟成績還是比我們都要好，你看……」

　　說話的人，指著不遠處正在幫班長處理文書的池光熙。

　　「班長都見風轉舵了，為了以後的體幹班生涯……算了。」

　　阿諾只能恨恨地望著遠方。

　　至於曼妃，自從別上紅臂章，日子反而比以往忙碌，光是處理整個營區內的文書，時間險些不夠用，要不是她的堅持，班長差點停了她的軍訓出操。

　　此時，她剛處理完另一個紅臂章的退訓申請。

　　看著剛從印表機出來的表格，確定無誤，一階階的向上核准，也好，讓他早點回家，定期向醫院報到即可。

正當她快步走向營長室的途中，差點撞到一個身影。

「學長抱歉。」曼妃僵直的站立。

「能不能注意點？」蔡浩生拍了拍身上的軍便服，不悅地朝眼前冒失鬼說。

「沒事的……」一旁的羅良奇趕忙勸著。

就在三方對視的那一瞬間，事情就發生了。

羅良奇怔怔地看著眼前的二等兵許久，曼妃趕緊用慌張掩蓋自身的驚覺。

「兩位學長，真的很抱歉。」

「沒事的。」羅良奇拍了拍二等兵的肩頭，看著胸前的名牌，眼神帶股莫名的熱切。

「池光熙？欸，阿生。正是我們要找的人。」

蔡浩生從頭到尾打量著冒失鬼。

「你就是池光熙？選兵官是有病喔，怎麼讓紅臂章進儀隊？」

「報告學長，學弟是有意願進儀隊，只是，志願役的考試還沒開……」

「不用考了，選兵官請示儀隊長，就你跟那個……誰啊？」羅良奇側頭看著蔡浩生。

「楊子民。」他沒好氣的看著自己的同梯。

「對，我們是來找營長的。」

曼妃雖不知是什麼狀況，仍把兩人帶到營長室前。

「報告營長，廖 XX 的資料在此，請營長簽核。」

營長拿著資料，看著她身後的兩人，再看著曼妃使出的眼色。

「放著，先回去吧。」

「是。」

離開的時候，曼妃忍不住往埋頭望去，恰巧兩人也在注視著她。

蔡浩生一臉的疑惑與嫌惡，羅良奇則好奇地觀察她。

而直選進入儀隊的消息，曼妃與大黑本來選擇隱而不宣，要不是羅良奇好奇的帶上一臉困擾的蔡浩生，往寢室走去，也不會鬧出後來的變折。

「這裡是新訓的寢室，你們進來，有經過允許嗎？」值班班長看著兩人，攔在門口。

「班長，行個方便。我們只是來看看兩位直選學員。」羅良奇說。

曼妃瞧見寢室外頭的情況，趕緊走了出去。

「兩位學長，這裡沒經過許可，不能進來的。」

「欸，池光熙！把楊子民叫出門，我們看看就走。」

看著值班班長為難的點頭，曼妃趕緊回頭，把正在收拾行李的大黑叫出來。

可才走回門口，就看見阿諾正對著兩人哭喪。

「你們小心點，那個池光熙是屁精，跟楊子民一起的。」

「媽的，你說誰是屁精？」

阿諾回頭，差點對上大黑的拳頭，他反射性地閃躲之時，曼妃的手迅速擋在面前。

她看著大黑，警告他別輕舉妄動，再看著錯愕的班長，以及躲在其身後的阿諾。

「顧建德，過份了喔。」曼妃放下手，臉色其實也好不到哪兒去。

蔡浩生打量著眼前人，似乎把阿諾的話聽進去，整個就是直男癌發作，一臉的嫌棄還犯噁心。

「你……真的是喔？」羅良奇倒是好奇的緊。

曼妃哭笑不得的望著他。

「你要不要試試？」

羅良奇的失笑，短暫化解了場面的肅殺。

****

休假三天，再次報到就是直往儀隊了。

「收假前找我們回來，該不會是看你喝烏龍講電話吧？」曼妃正玩著手遊，無聊地問著。

兩人坐在政戰局的辦公室內，看著雷烈拿著一馬克杯在辦公室裡走來走去，不時還通著電話。

「你們要有心理準備……」雷烈掛上電話。

「進去儀隊的，不光是你們倆。」

「是敵是友？」大黑關切的問。

「同盟中的敵人。」他無奈地坐下。

「今年，陸儀要退不少人，根本等不到志願役報考，三軍四儀調配出現大亂，才會有你們的機會；同樣的，張福勇的人也會有。」

大黑不解，回頭望著沙發那端的學姐。

「……張福勇不打算讓他活啊？」曼妃隔著手機往座位那端望去。

「有趣的是，他們還不曉得張祥斌現在的樣貌。」

59

曼妃呿聲，表達她的嘲諷。

「所以，是以我們的行動為主囉？」大黑試問。

「大黑，烏賊戰我來打就好，你主要的責任是保護我。」

「可如同先前推演的，我十之八九會進旗隊，到時旗儀兩邊不同，我怎麼掩護妳？倘若滲透成功，妳還有駐防的可能，我們的距離會更遠。」

「所以，我們兩邊都得進行。」

「這個任務，對學姐而言真的風險太大。為了打背景，這段時間在新訓，差點被阿諾掀鍋的事情，還直接在那兩個人面前，誣陷妳是同性戀……為什麼不讓我揍他？」

「你要是揍他，哪裡都去不了。」

「雷中將，特戰很多善於滲透的精英好手，為什麼指派一個女性……」

「這我先前就問過，大黑，你激動了……」

「不是我激動的問題，進新訓之前，妳吃了多少延經藥？進儀隊之後，是不是連卵巢子宮都不要了？」

曼妃無語，她看了雷烈一眼，繼續低頭玩手遊。

「我不是唱衰。性別，終究是學姐跨不去的門檻，能瞞多久？張祥斌可以完全換了身份進營區，國防部都查不到破綻，相對的，他遲早也能看得出學姐的身份。」

「我就是希望他小瞧我。」

「然後呢？殺了妳嗎？」大黑越說越激動。

「他能炸了一個憲兵，也能把妳解決掉。」

「……你想太多了。」曼妃把手機放下，一臉凝重的看著他。

「大黑，你去冷靜一下。」雷烈見狀吩咐。

「若沒有學姐的引薦，我不可能會在這裡……為了保護我，妳失去很多東西，我只是不希望再有什麼事情發生……」出去前，他的背影帶有無助的孤獨。

「他……？」

「將軍放心，他只是關心我。」曼妃起身，坐在雷烈面前。

「妳沒打算跟他說，關於妳的計畫？」

「怎麼說？這個空間裡，除了你我，還有別的眼睛跟耳朵呢。」

「怎麼可能。」雷烈說完，遞給她一張紙條，上頭寫著「妳很聰明。」

「我也相信國家不會這樣對你。」曼妃邊回應邊寫道，「老張派了多少人要狙殺小張？」

就在這一來一往的冠冕堂皇間，兩人已把這段時間的任務交代完了。

「座機、梁柱上，順便留意一下你的辦公桌...還有，別拿公家電腦看 A 片。」

雷烈一閱，忍不住「呿」了一聲。

「我會的。」

兩人相視一笑。

第四篇

　　第四次當上新兵，進入了儀隊，可曼妃怎麼也沒想到，此生還會再經歷一次「黃埔大地震」。

　　所有學長在旁看著好戲，也包含浩生跟良奇。

　　「『老呂挑菜』是有什麼好看的？」年資最久的大學長經過，看著幾個熟識學弟的背影，不免搖頭。

　　老呂，是他們私下稱呼儀隊長的外號。每逢新進禮兵入營報到之時，老呂勢必要精神喊話一番，順便挫挫幾個「頗負盛名」的二兵。

　　「學長，我們以前也是被這樣玩過來的，看看嘛！」良奇嬉皮笑臉地回答。

　　場內，所有新兵繃緊神經。

　　「十秒內，班長要看到所有的物品都在地上，包包裡頭若是還有東西，代表我說得還不夠清楚，就塞回去再來一次⋯⋯開始！」

　　一聲令下，眾人急忙在限定時間內，把行李倒出的同時，曼妃不小心把續用的停經藥也扔了出來，盒蓋彈開，藥錠散落一地，瞬間心涼了半截。

　　大黑忍不住抽口氣，而一旁圍觀的良奇，也張大雙眼的看著這一切。

「池光熙，這是什麼？」長官拿起包裝盒問著。

「報告長官⋯⋯益生菌。」

長官看著盒上的英文字樣，再看著曼妃，不懂外語的他，只能聽信眼前新兵的說詞。

「⋯⋯趕快撿起來！」

只見曼妃迅速蹲下，趕緊把藥一顆顆拾起放入盒內，直到溜最遠的一顆。

她起身，見著兩人。良奇擔憂的用眼神示意儘速歸隊，浩生則是嫌惡般看著。

她禮貌性地點頭，迅速回到隊伍內。

「我對那個池光熙，非常好奇⋯⋯輔導長是這次的選兵官，怎麼會挑他啊？」良奇試問一旁的浩生。

「我才不管，那個同性戀，少來招惹我。」

「浩生，你別亂說話⋯⋯」良奇試著阻止他。

「誰是同性戀？」其他人一聽到，立刻把兩人圍住，想多知道細節。

「那天在新訓中心，就有人說了不是嗎？」浩生不覺得自己有錯。

看著他跟幾個熟識的，說著池光熙的事情，良奇望向前方的隊列，心緒竟如此複雜。

「你們算是走運，恩典中的恩典，但各位也別忘記，儀隊是國家的門面，若是不適任，輔導長的桌上，還有空白的退訓申請單等著你們！」

老呂經過一個較為矮小的新兵面前，停下。

「你就是池光熙？」

「報告，是。」

「聽說你有隱疾，是嗎？」

老呂話畢，周圍開始有竊笑的聲音。

「笑什麼？要不要笑大聲點？」一旁的作訓士板著一張臉孔吼著。

「……江信研是你舅舅？」

誰？曼妃呆滯了三秒。

「對，他是我舅舅。」她差點忘記新訓營營長的名字。

「你舅舅當年，可是突擊班第一名結訓，我對他印象很深刻。」

曼妃不語，基本上，這樣的對話，最好是不搭腔。

「我會好生照看你的。」老呂拍了拍她的肩，又開始他的巡視。

「哇，那個池光熙，老呂竟然跟他話家常了。」

「那又如何？這幾年我們又不是沒看過，被老呂關注的有幾個好下場？」

「也是啊，順便好好操練這個屁精。」

幾個學長訕笑的對話，流淌在四周的耳語間，良奇不悅地看向浩生，隨後悄然沒入人群內。

「他們派了險招。」走進宿舍旁的一角，良奇跟在樹下乘涼的人對話。

「長得跟小白一模一樣的……女人。」

對方並未有太大反應，只是嘴角滲出笑意。

「有趣。」

「要出手嗎？」良奇問著。

「你看著辦吧！」

「這不好說啊，對一個女人……」

「不想殺，就揭發，讓她滾出去。」

良奇看著他，心裡忐忑不安。

由於蔡浩生在宿舍裡的風言風語，當新兵們進入了宿舍內安頓，其餘人看著眼前名叫池光熙的學弟，各個是戒慎恐懼，宛如看見了毒水猛獸。

襲來的敵意，曼妃跟大黑嗅到了。兩人按照編排將行李歸位，才剛開內務櫃的門，就看見裡頭寫了大大的兩個字：「死GAY」

聞著奇異筆的味道，就知道是剛剛寫上去的。曼妃回頭，看向幾個不懷好意的眼神。

第一天就那麼刺激？曼妃心想。

大黑看著學姐微妙的表情，再看著她櫃子裡的文字，差點要回頭大罵。

「別惹事，這才剛開始呢。」曼妃悄聲說完，從容的把門關上。

「記得，我們是分頭行動，我的部份，別插手太多。」

****

進入新訓期，沒有正式的操課表，但體訓還是煎熬每個人的身心靈。

人生第一次拿起仿禮槍實感的木槍，感覺是很奧妙的。跟在特種部隊已上手的步槍相比，這股沉重，代表國家門面所要背負的任重道遠。

只是，當六公斤的重量托在自己身上，加上雙手與雙腳都綁著砂袋，長時間下來，鐵打的漢子也會有吃不消的時候。

「槍托好……手舉，肩膀是歪的嗎？挺胸！」外號叫鐵面的作訓士，冷冷地看著疲憊的新兵。

「儀態呢？你各位給我的儀態呢……伏地挺身 20 下，開始。」

因為連坐，縱使沉默，許多弟兄的內心是無限哀嚎的，曼妃全身酸痛出著大汗，放下練習木槍，無言的與大夥一起做著伏地挺身。

她知道自己不是最慘的，因為另一邊……

「把手給我撐好！磚頭掉就給我試試看！」

大黑因為身高優勢，被選到了旗隊，位在列隊的正中央，雙手舉著國旗，肩上擺著磚頭，同樣沙袋伺候，單腳呈 90 度撐在半空中。

可憐的大黑……曼妃不禁替他默哀三秒鐘。

起身，繼續未完成的訓練。

「報告長官，可以喝水嗎？」一名弟兄彎著腰，吃力地問著。

「喝水？」鐵面揶揄反問。

「現在才半個小時，喝什麼水？」

也不知有意還無意，他突然指著最前面，名叫池光熙的人。

「那個『有隱疾的』都還沒唉，你唉個屁！」

這現在是哪招……？

「呃……長官，我也想喝水。」趕緊回頭示弱。

被刁難就算了，我可不想成為同梯公敵啊！

「要喝可以……去輔導室填寫退訓申請，之後愛怎麼喝都可以。」

說完，所有人都陷入沉默。

「看來各位都不知道情況有多緊迫啊！你們的學長，一次退伍八位，儀隊五個，旗隊三個。海陸儀已經北上支援駐防……只有半年的時間，讓你們這些歪瓜劣棗通過測試，步入軌道。」

訓斥的同時，輔導長也恰好巡視到儀隊這區。

「還把這裡當作新訓中心啊？要回去，隨時歡迎……」

「剩下五個月又 13 天，想想你的輔導長……我還得笑臉面對其他三儀呢……」

鐵面緊繃看著身旁突然發聲的長官，一張大臉依舊微笑，眼神卻充滿寒意，他嚥下口水，轉頭看向新兵。

「休息十分鐘……快去喝水！」

旗官的作訓士看著儀隊那區，突如其來的休息，正感到不解之時，輔導長從那方投來的微笑，解釋那區所有的一切。

「……休息十分鐘。」他也只能跟進。

＊＊

用餐時間，曼妃試著用她顫抖的雙手，夾起眼前的青菜。

因為同梯的掉筷子，剛剛已經重進餐廳兩回了，曼妃不免失笑，在儀隊竟然也能回顧官校時光，就差沒來個進餐廳前的小閱兵。

扛了一整個上午的槍，經歷了半天的基本功，大夥的體力及專注已到達某種極限，可餐桌的規矩是有的，誰破壞任何一項，都是連坐處置。

學長們不爽的表情顯而易見，曼妃注視著對桌的同梯，他的手……鬆了！

筷子掉下去的瞬間，曼妃趕緊雙腳一夾，迅速在半空攔截，只是那腿……酸哪！

「快點……」唇語與眼神迅速提示著他。

同梯趕緊趁不注意，迅速低身抽起雙腳間的筷子，

卻沒料到他的手也不中用……

「誰又掉筷子了？」

曼妃面部扭曲，糟糕……

「報告是我。」

學長席舉起一隻手，良奇看著同桌對他投以嫌棄的眼光與哀嚎，也只能露出他的招牌嬉皮笑臉。

「羅良奇，你都待幾年了，怎麼還犯這種錯誤？全員餐廳外集合。」本週值星官正好與他同梯，嘴角都忍不住抽搐起來。

行進匆忙間，曼妃刻意經過他身旁……

「學長仗義，感謝。」

良奇挑眉，代表他的回應。

午休時間，曼妃失神地躺在上鋪的床位，什麼櫃子被寫上歧視同性戀字樣的事情，她根本不想管，手上還握著剛剛揉掉的字條，那是貼在她床位的，上頭還寫著「玻璃」二字。

很明顯的，就是那個蔡浩生說的，但在處理之前，先讓我瞇一下，哪怕只有十分鐘也好。

只是，其他人似乎沒打算放過她。

「池光熙！」

曼妃剛睜開眼，眼前就被一塊布蓋上，還帶有奇怪的味道。

「幫學長擦皮鞋。」

拿起那塊布，是擦鞋用的，上頭還帶著鞋油。

自己的臉大概也花了吧，她心想。

「起床啊！快點！」

曼妃面無表情的坐起身，低頭看著帶頭的學長，拿著自己的皮鞋往她床鋪上扔。

「擦亮點，我睡醒之後要檢查。」

曼妃想也沒想的把鞋子往窗台外扔，直接卡在外頭的柏樹上。

「池⋯⋯池光熙，你找死啊？」面對身旁鼓譟的訕笑，學長顏面掛不住，整個人惱羞成怒。

良奇跟浩生才剛從寢室外經過，就看到同梯的卓誠仕正叉腰，吼著坐在上鋪一臉睡意的人。

「讓你擦皮鞋，是學長看得起你，別他媽不知好歹！」

「⋯⋯你沒有手是嗎？」曼妃不耐煩的看著他。

「阿義，發生什麼事？」良奇趕忙問圍觀一人。

「誠仕在整治菜鳥，要他擦皮鞋⋯⋯哈哈，沒想到池光熙也不是省油的燈，把鞋子扔窗外了。」

「鞋子給我弄回來！」

「自己想辦法吧……學長。」最後二字，曼妃說得很故意。

剛躺回去，誠仕氣急敗壞地拉著曼妃的腳，欲把她拖下床，就在墜地前的幾秒，她直接在半空中，往學長的鼠蹊部招呼下去。

誠仕痛得倒在地上哀嚎，雙手護著自己傳宗接代的工具。

另一方面，良奇，甚至是心虛的浩生都衝上去，欲接住下墜中的人……

差點尖叫出聲，曼妃下意識的護住自己的頭，等待撞擊。

迎著她的，是一個懷抱。

「你真夠大膽的，敢忤逆學長？」

他的出手援救，讓其餘正在起鬨的人瞬間噤聲。

「他先開始的。」看著一群人圍觀，曼妃趕緊掙脫站好。

你是誰？什麼跟什麼？現在要打架是嗎？

「媽的，你個死 GAY！」誠仕起身，朝著她揮拳。

曼妃招式已起，準備空手接住他的拳頭，方才接住她的人卻直接把誠仕反手擒拿。

「誠仕，夠了。趁還沒鬧到隊長那邊，我勸你趕緊拿棍子把鞋弄下來。」

「學長，好痛……好……我去。」

見著他慌忙往寢室外跑，狀況暫時解除了。

「……謝謝學長。」見著圍觀人鳥獸散，曼妃趕緊向方才出手解圍的人道謝。

「你沒事吧？」良奇趕緊走來問道。

曼妃搖頭。

「這卓誠仕也太惡劣了。」良奇抽起一旁的面紙，打算幫她擦臉。

「我來吧。」他接過良奇的面紙，仔細的擦拭曼妃臉上的鞋油漬。

此等畫面過於耽美，曼妃看著他胸前的名牌，再看著他專注的神情，突然覺得彆扭，趕緊把面紙接過來。

「呃，宇鶴學長，我自己來就好。」

躲開注視，才望向別處，就看見一旁默不作聲的浩生。

「同性戀的傳聞……是你說的吧？本來無一物，何處惹塵埃呢？」

「話是你說出去的，自己看著辦吧。」良奇倒是期盼之後的發展，不免揶揄了一番。

「可是，人家都這麼說……」

「別人說你就信，我說你是，你信不信？」曼妃沒好氣地回答。

看著平時不可一世的浩生，竟也有被嘴到無語時候，良奇簡直笑瘋了。

「原諒他吧！」宇鶴淺笑。

「你是池光熙，對吧？我叫曲宇鶴。事出緊急，都沒跟你自我介紹。」

「學長好。」

曼妃感激一笑，卻讓宇鶴霎時出神。

良奇見狀，趕緊打圓場。

「欸光熙啊，以後有宇鶴學長跟我們罩著，十個卓誠仕也動不了你。」

「謝謝你們，我先休息一下，真的很……」

曼妃扭動身體的酸痛，代表她表達的意思。

「好吧，剩不到 20 分鐘，睡一下也好……」

宇鶴回頭，從公用的內務櫃裡，拿了幾片藥布，放到她的手上。

「剛開始受訓會很辛苦，這些先拿去用，不夠再跟我要。」

曼妃沒想過會有如此待遇，這樣的照顧，還比先前在官校時期的境遇要好。

什麼女生念軍校很吃香，並不是泛指所有。

況且，她念軍校是為了生活，與現實妥協的選擇。

過往的回憶，有辛勞，有歡笑，還有一些無法言說的事情。

當初，她問雷烈：「你希望池光熙是一個什麼樣的人。」

「只要隱瞞性別，其他的，做你自己就好。」

「任務代號既為『遊戲』，就讓妳恣意逍遙，勸他出來自首，保護他別受老張的狙殺。」

「如果小張不從呢？」

「代表任務失敗，老張會順理成章的解決掉他。到時，就沒我們的事了。」

「謝謝學長，感激不盡。」

曼妃勉強提起精神，迅速的爬上原本的床位。

三人走出寢間。

「浩生，有些事情眼見為憑，就算池光熙真的是同志，也礙不到你。」宇鶴這話，說得沉重，也帶有警惕的意味。

「是啊……還是你就好這口？」良奇也損了他一下。

「我……這……唉！」浩生自知理虧，也只能先行離去。

待他走遠，宇鶴不禁回頭，望向已睡去的人。

「太像了……」

眉語深鎖，雷烈的這一招，果然直接又扎心。

「老大，她畢竟不是小白，你可得清醒……」

「我知道。」

可你……良奇看著宇鶴微妙的表情，也只能抿嘴，不再多說什麼。

****

曼妃因禍得福，一夕間由黑轉紅，同性戀的傳聞風波平息，但是，還有更多的狀況在等著她。

透過幾個，不排斥池光熙的同梯跟學長，她慢慢搞清楚羅良奇以及他周邊的人，也包括當初對外放消息的蔡浩生。

「聽說，那位蔡姓學長是靠關係進來的。」

休息時間，幾個同梯在樹下喝水乘涼。說話的名叫小田，就是當天午餐時間掉筷子的那個，也是鄰床的室友。大學時期是軍聞社社員，對於儀隊之間的事情瞭若指掌。

「怎麼講？」

有事嗎？爽單位那麼多，來儀隊這裡是要修行嗎？她心想。

「蔡炳胤中將，有聽過吧？」

「……他兒子啊？」

曼妃記得，蔡中將有四個兒子，大兒子也是陸特，分屬不同單位，還沒有機會碰見。

「蔡浩生是老么，是最不想當兵的那一個。」

「那怎麼會來儀隊？」

「躲他爸呢！聽說啊……」小田左顧右盼，繼續說著：

「他三個哥哥，分屬於陸、海、空三軍，蔡中將把海陸的期望放在最小的身上。」

這明擺著是「一系一軍」啊！

「海軍陸戰隊……這不是誰想當就能當的吧？」

「是啊是啊……」

　　小田繼續滔滔不絕地說著，他對儀隊的所知所兮，而這個掩飾在池光熙身份裡的沈曼妃，此時正看著不遠處，兩雙投射過來的眼神。

　　這段時間下來，曼妃得知，隊上有三個老張（張福勇）的人，目前被她發現的有兩個，另一個尚不知。從他們一直觀察自己與他人相處的情形，她大膽的猜測，老張尚未得知小張的身份。

　　兩方都知道彼此，但礙於所屬的頭兒不同，這段時間也是互不干涉，各司其職的狀態，如果能好好認識，把話說清，體恤雙方都是為了任務而共事，也是不錯。

　　若是不能和平共處，對曼妃往後的日子也是困難重重。

　　「撒尿去。」

　　曼妃隨口找了理由獨行，對方也保持安全距離的跟上。

　　可沒想到，一拐進去廁所，正好碰到剛解手完正準備走出的浩生……

　　「你要幹麼？」

　　「來這裏我除了上廁所，還要幹麼？」

　　曼妃瞇著眼，自從那天之後，她對浩生始終有氣。

　　「還是說……學長啊，你希望我對你幹麼？」

「……有病。」浩生嫌惡地繞過她而行。

「你還欠我一個道歉，蔡浩生。」曼妃朝著他漸行漸遠的背影喊著。

她回頭，面對兩個正在看熱鬧的「同梯」。

「妳玩得挺開心的。」

「兩位前輩好，各司其職，如有不便之處還請見諒。」

「有任何消息嗎？」

曼妃挑了下眉，指著方才離開的浩生。

兩位同梯面面相覷。

「別胡說八道！他可是蔡中將的公子。」

唷！他們也知道啊？曼妃心想。

「誰的兒子？」她選擇裝傻。

其中之一帶頭的，輕瞧著她說：「蔡炳胤將軍的兒子。這都不知道，妳來這邊幹麼的？」

「跟她講那麼多幹麼？」另一個不耐的說。

「走了啦，反正都打過照面了。」

「等等啦……關於小張，必要時，我們會行動的。」

「就不能再緩緩嗎？嫌疑人的家庭結構還算完整，上頭也查過，家人的確是有的，所以不可能是他，待我先查明好嗎？」

「希望妳快點，我們也有時間上的壓力。」

「走了！走了！」

兩人匆忙離去，留下曼妃一人深思，她想著良奇初識時的驚嘆，宇鶴學長的關切，看來，她得一直偽裝下去，才能抽絲剝繭出真相。

匆忙離開的二人，其中一個性急的對著另一個唸叨：

「你跟那娘們兒說那麼多幹麼？可別忘了，她不是我們的人。」

「互通有無，兩方也好做事啊。」

「老張說過，必要時把她給揭了……上頭根本沒打算讓小張活著。」

「我們能揭，她也能揭我們哪！」

「所以……我們還有還有第三張牌呢，她就算知道了，也揭不掉。」兩人對視，露出老謀深算的微笑。

「池光熙，對著廁所發呆呢？」

猛一回頭，輔導長正看著發愣中的自己。

「呃……輔導長好。」

「不不不，別那麼客氣，輔導長是在長官面前叫的。私下啊……叫我龐德就好。」

「龐……啊？」

「Bond，James Bond.」輔導長還學起電影橋段。

「喔……龐德好。」

「看到廁所，幹麼不進去？」

「本來想上廁所，後來又不想了。」

「上個廁所而已，想那麼多幹麼？跟姑娘家似的……話說……」

輔導長好奇的在耳邊問她：「你到底是不是同志？」

曼妃臉一沉，怎麼輔導長也跟著起鬨？

「你……」

「別生氣，我就問問而已。其實啊，我們隊上真的有幾個，只是……沒像你一來就那麼風風火火，都很低調的。」

「唉唷，龐德啊……」

「現在的社會風氣很開放，都能結婚了，就不用擔心別人的耳目。」

龐德剛說完，拿了隻筆直接放她胸前。

「收著·這可是我的『御筆』·你學長他們都知道。要是再有像卓誠仕這樣的人找你麻煩·見了筆·諒他們也不敢怎樣。」

「龐德怎麼知道卓誠仕找我麻煩？」

他得意一笑。

「我是輔導長欸·隊上不少我的眼睛跟耳朵。」

「那……」曼妃差點脫口而出·想問他關於張祥斌的事情·可現今扎根未穩·只能再行觀察。

「謝謝龐德。」

「先走啦！該尿的就尿吧。」

一夕間·竟有黃袍加身之感·曼妃也只能點頭·看著輔導長離開。畢竟·多一些保護·她在隊上也能方便行事。

只是那傳言……死阿諾·早晚不要落到我手裡·還有那自命清高的軍二代蔡浩生。

整死你！

****

又是一個豔陽下·唯獨幸運的是·終於能在室內操課。但新兵的魔鬼特訓·幸運·也有可能是另一種磨練的開端。

走廊上·新兵們背部緊貼牆壁·享受「辣眼睛」的時刻。

「貼壁不是站壁，釘牆不是靠牆，不要再讓我看到沒三貼的！」

幾個作訓士跟學長緊迫盯人的看著，時間一久，大夥的體能無法負荷長時間的抬頭挺胸，已經有幾個同袍因姿勢不符，被揪出來做伏地挺身。

「眨什麼眼睛？出來！」

曼妃的頭、肩、臀緊貼著牆壁，無神望著對向，汗流淌全身，伴隨長時間無法閉眼所致的酸澀。

更要命的，是她目前的身體狀況。

「你還好吧，光熙？」

身為學長，宇鶴也跟著作訓士一同盯著學員的狀況，他擔憂地走向眼前人，悄聲問著。

光熙無語，內心的曼妃正難受的撐著，兩眼昏花，天旋地轉。

「光熙……？」宇鶴忍不住抓著她的肩頭。

性別，始終是軍中最大的門檻，這是大黑先前所說的。縱使她的外型能勝任池光熙這個身份，也能退而求其次的，以隱疾之由掩蓋在新訓中心鬧出的風波。

曼妃望向宇鶴的那一刻，雙眼泛著血絲，因久未眨眼而流下的淚水。

此時此刻，宇鶴的內心紛亂，回憶衝擊著他。

「學長，我……」曼妃一下軟了腿。

「可以了，你先休息！」宇鶴慌亂地扶著她。

「怎麼回事？」其他人望向此處。

「我先帶他去醫務室。」

宇鶴本想公主抱，看著眾人疑惑的神情，只能請人協助，把人揹到背後，讓他帶去。

大黑趁著旗隊訓練休息片刻，時不時地朝屋內望去，口袋裡還放著藥，一切誠如當初預測，進了儀隊後，縱使同寢、縱使同在新兵所，但兩人課訓湊不到一處，關鍵時刻，遠水救不了近火，也只能無措張望。

兩人正在最苦痛的時刻，先前在特種部隊受的訓練與儀隊完全不同，特種要求的是速度與反應，儀隊則是更強化穩定與持久，加上停經藥的副作用開始侵蝕曼妃的身體，學姐不能倒，一旦倒下，身份就視同暴露。

「你在這邊幹麼？」

大黑回頭，看著浩生與良奇走來。

「學長好，我在找廁所。」他的語氣沉穩，看著浩生的眼神卻帶著敵意。

「休息時間只有 10 分鐘，廁所會不會走太遠了？」浩生指著遠處。

「……學長，可以進裡面上廁所嗎？我很急。」大黑趕緊找個理由要進去。

「快去快去。」他不耐的回覆。

大黑迅速走進屋內。

「你最近挺兇的嘛！怎麼啦？大姨媽來訪？」良奇揶揄的問他。

「你才姨媽來。輔導長到底找了什麼東西，池光熙妖裡妖氣的，這個楊子民也不知道彆扭什麼？」蔡浩生不客氣的回嗆。

良奇嘻皮笑臉到了一半，只見室內衝出兩人，除了方才要借廁所的大黑外，還有宇鶴，後頭還揹著光熙。

「發生什麼事？」良奇趕緊中途攔截宇鶴。

「他體力不支，先帶去醫務室。」

「我跟你一起去……」大黑在一旁著急。

「你還有課在身，這裡有我們就好。」良奇阻止他的跟隨。

縱使不情願，大黑也只能把口袋的止痛藥交給他。

「光熙最近犯頭疼，這是幫他準備的。」

「喂，排長找我們有事，你這樣……」

浩生本在一旁催促，見著良奇跟宇鶴對他的眼神佈滿殺氣，這是從未有過的時刻，弄得他僵在原地不知如何是好。

兩人帶著光熙走了，又是為了他，這才多久的事情，怎麼就對一個新進學弟如此上心，剛剛還瞪著自己？有沒有搞錯啊！

「你那同梯是怎麼回事？新訓不到兩個月，怎麼就那麼多事……」

浩生才對大黑說沒幾句，立刻被大黑的怒目給噤聲。

「關於同性戀的傳言，你還欠我們一個道歉。」

大黑說完，根本不管浩生的反應，直接離去，留下臉色一陣青白的他。

****

「血壓偏低，先讓他躺著休息，十分鐘之後再測一次。」

醫官把血壓計卸下，正觀察著病人的氣色，宇鶴在一旁看著他的手，準備摸向脖子之時……

「徐醫官，我來幫忙。」

宇鶴適時的介入，化解曼妃內心的忐忑。

「那好，時間一到再幫他測一次，我還得趕去那邊……相似狀況的新兵還有幾個，可沒像他那麼走運，有你這個二學長罩著。」

宇鶴客套一笑，看著徐醫官離開。

「老大，我先回去二排了。」良奇不免擔憂地看著兩人。

「謝謝你，良奇。」曼妃感謝的說道。

「妳的感謝，我心領了……只希望妳在我跟老大面前，就別裝了。」

曼妃像是有個東西卡在喉頭般無語。

「阿奇！」宇鶴不悅地朝他低吼。

「我只是把真相說出來，接下來就沒我的事。」良奇走前，還特意在嘴上做出拉拉鍊的動作，示意他會保密。

待良奇離開，整個醫務室陷入沉默，曼妃試圖壓下心中的不安，看著他坐在一旁。

「妳沒有話要跟我說嗎？」半晌，宇鶴開了頭。

「我不懂。」

「停經藥吃多久了？」

曼妃臉色蒼白的坐起身，腦袋空白了幾秒。

「報到第一天，妳從行李掉出的東西就已經漏餡了。」

果然啊……她忍不住輕嘆。

「如果我告訴你……我是奉國防部政戰局之命，前來找潛伏在此的通緝犯，你信嗎？」曼妃此時也不裝了，用著原音與他對話。

宇鶴與她對視數秒，兩者皆有不同的心思。

「妳要找誰？」

「張祥斌。」

宇鶴哼笑。

「他是誰？」

「我也不知道他是誰，我只是奉命行事，找到他，勸他出來自首。」

「他犯了什麼事？」

「……涉嫌恐嚇參謀總長，主使國防部爆炸案，死了一個憲兵，另一個憲兵精神失常，至今還在治療。」

「……為什麼是妳來？派一個男性不是比較容易多？」

「我也不知道。十個月前，我還在天威部位執行滲透任務，人就被帶走了，還被夜特的人五花大綁，從南部運到北部來。」

宇鶴只是靜靜地看著她，不發一語。

「你打算何時舉發我？現在？也好……我在這裡撐了兩個月，也算是功德圓滿，縱使任務失敗，我也好交差了。」

曼妃虛弱地躺回病床上，雙眼緊閉。

「只是，讓我睡一下，真的很累。感覺這條路是走不完了……」

她賭的就是此刻，與雷烈謀劃的關鍵點，示弱不是認輸，而是等對方的態度。但在之前，她真的需要好好的休息。

宇鶴思緒絮亂，不斷回想良奇當初對他說的，輔導長選了一個極為相似的人，還是個女人！但不光是相似，眉宇間，舉手投足間，點點滴滴，都是他的身影……

當年的事情歷歷在目，小白拿著已上膛的步槍，抓狂的對著張駿林，揚言著要同歸於盡。

所有人在巴士內害怕的躲著，閃著，他欲衝過去奪槍，沒想到……連續擊發了！

槍聲依舊在他的腦海中盤旋不去，將他拉回現實，冷汗在他的身上流淌，不光是恐懼，也是心痛與無力……

宇鶴起身，緩緩的走向病床，看著虛弱的眼前人，池光熙……肯定是化名吧。

「告訴我，妳的名字。」他握著她的手。

「沈曼妃。」

她睜開眼，無懼的與他對視。

****

寢室內，當所有人都已沉沉睡去，鄰床的小田，打呼聲伴隨夢話，這次又不知道是哪些女人出現在他夢裡，時不時喚著RURU、甜甜、潔西卡。

與雷烈說好的，孤注一擲的機會已到，這也代表她與大黑得分頭進行，這是她不願跟他先說明的。

想起白天發生的事情，宇鶴握住她的手，告訴自己勢必會顧她周全，希望她能早日找到張祥斌，這諜對諜的戲碼，壓得曼妃心事重重。

「我會想辦法讓妳跟我一起行動，良奇那邊，我會跟他婉轉說的。」

「……良奇是主要嫌疑犯，我們懷疑他就是張祥斌。」

「不可能！」

「我也希望不可能，但有人證在，他很難洗脫罪嫌。」

當下，宇鶴無語，就連曼妃也忍不住紅了眼眶。

「對不起，我想我真的不適合潛伏。他看起來那麼的無害……」

「我會陪妳面對，別哭。」

想到此處，曼妃翻來覆去的難以平靜，先前的疑惑再次憶起……

「如果能讓妳提早進入狀況，就當作是美人計吧。」

這半帶玩笑的回答，真的就是雷烈指派她的目的？不行，眼看休假在即，她可能不方便親自去問，只能委託大黑了。

曼妃下床將自己的內務櫃打開，拿出紙筆悄悄的寫了字條，放在大黑的蚊帳內，準備回到自己的床位。

動作之際，龐德輔導長的『御筆』就這麼掉在地上，分成好幾個部份。

該死！她趕緊撿起，溜回蚊帳內。

透過窗外的路燈，曼妃拼湊著龐德的禮物，可裡頭藏著的玩意兒，讓她久久不能釋懷。

定位器。

這等物品，在官校上通信方面的課程時，曾短暫接觸過。

「老張的第三個人啊……」

　　輔導長的別有用心，曼妃徹底明白了。短時間內信息量過大，令她頭痛欲裂，誰都不能相信。

　　了然於心，遊戲的難度已升級，她再也不能回頭。

第五篇

新兵終於休假了，大黑獨自一人走向鬧區的星巴克，找了約定的一角，坐下。

他喝著拿鐵，從包內取出一袋公文，等著約定人到來。

過了半晌，雷烈剛慢跑完，從容地進入店內，就像個尋常的大叔，點了一杯熱美式，坐在大黑面前。

看著袋內的資料，他拿出龐德的御筆把玩，諷刺一笑。

「他來湊什麼熱鬧？」

「老張的三個王牌，我們全數皆知。長官可有什麼方法保護學姐？她現在正一步步的走向風暴。」

「你放心，小張不會殺了她。」雷烈戴上老花眼鏡，仔細讀著曼妃這段時間蒐集的資料。

大黑蹙眉，隨即拿起龐德御筆放在包內。

「學姐要我放假期間，帶著這筆四處跑，好讓老張那邊分散注意。」

「曼妃呢？」

大黑帶著怨懟看他。

「跟著他們出去了，死活不讓我跟，到底在玩什麼把戲？」

雷烈思索著。

「大黑，你今天就當放假，好好去玩。」

「自從學姐知道我的性向後，同寢而眠，擇日齊休，沒學姐在⋯⋯我不曉得去哪裡，只能回家。」

「那你就回家。」雷烈繼續讀著資料。

「我媽記得我在陸特的假，現在要是回去，恐怕會打電話叫憲兵抓我了。」

「你跟曼妃那麼好？」他只能把東西放下，先解決大黑的問題。

「就差沒同一個媽⋯⋯之前我媽老說要我娶她，但是，我的性向就是沒辦法。」

「那⋯⋯」雷烈突然想到。

「你去前長官家報到，他最近搬家缺人手，就跟他說是我介紹的，快去吧。」

雷烈抄了范邦遠的電話給他，大黑這才離開。

就在專心讀取資料的當下，他看到兩個名字⋯⋯

「曲宇鶴、蔡浩生⋯⋯」

蔡中將的兒子，怎麼會⋯⋯？

＊＊

蔡家

「兒子啊，這些都是你愛吃的，多吃點。」

有段時間沒見到愛子，蔡母開心的不斷夾菜給浩生。

「謝謝媽。」

母親的疼愛，身為兒子是感受到的，可浩生面對正在讀報，不發一語的父親，他仍是有些彆扭。

偌大的客套，氣派的裝潢，牆上懸掛著蔡家在軍中的豐功偉業，可唯有這一家三口在此，不免冷清。

「你那三個哥哥，現在都還沒收假呢，真不知道何時一家子能湊在一起，好好的吃頓飯。」

「媽，哥他們都在軍中，各自忙著呢。」

「算你有自知之明。」蔡父冷冷的回著。

「還看報紙啊？吃飯吧！」蔡母用眼神示意著老頭別碎嘴。

「別理你爸，他就是那調調。」蔡母憐愛地看著浩生。

「唉，我的浩生，每休一次假就瘦了一點，你可得把精力補齊了，紅燒肉吃下去，乖……」

「他吃胖點，穿軍服能看嗎？」

　　到嘴的肉，硬是被浩生放回鍋內，蔡母不悅地看著自己的丈夫。

　　「就吃塊肉而已，不會怎麼樣的！你以為儀隊就是站在那裡好看的嗎？沒聽浩中說整天日曬雨淋的？」

　　眼看父母又要開始因他而爭執，浩生趕緊挑了些菜到碗內。

　　「爸、媽，我去上網了，飯我帶回房吃。」

　　看著兒子上樓，蔡母的火力全開，朝著丈夫就是一頓唸：

　　「都三年了，你心裡的坎，就算過不去也得用爬的爬過去。每次浩生回家，你就那張臉對他，兒子欠你的是不是……」

　　「唉唷，妳不要再講了！」蔡父煩躁到甩下手中的報紙。

　　「我已經把浩中、浩睿跟浩智都交給國家了，只剩下浩生在我身邊，你還在做你的春秋大夢，等著上頭送你一匾額，刻著『一門忠烈』是嗎？」

　　兩老在樓下吵得如火如荼，浩生靠在緊閉的房門，捧著一碗溫熱的飯，上頭寥寥無幾的菜，自己愛的紅燒肉，一口都沒放裡頭。

　　走向電腦前，他漠然地吃著，隨性上網，唯有虛擬的世界才能讓浩生稍稍獲得一絲和諧。

　　手機響起，是良奇傳的訊，要他出來吃飯。

「正在吃呢。」他直接回撥，真希望有什麼原因可以出門走走。

「來，一起聚聚。我們都在呢！」

「還有誰啊？」

「宇鶴學長跟池光熙啊。」

又是池光熙！這個人來儀隊之後，幾乎與他事事糾纏不清。是，自己說他是同志又如何，的確欠他一個道歉，可……可……

「唉。」

「唉屁啊，出來吧！」

他的為難，映照著樓下父母的爭執，不免覺得沉悶。

「好吧，8點見。」

名餐廳前，曼妃見著良奇剛通完電話。

「你把蔡浩生叫出來跟我們一起吃大餐？」

又是他！進入儀隊第一天鬧出的風風火火，就是從他的嘴巴開始的，幾個月過去了，始終欠自己一個道歉，想到就來氣。

「妳有所不知，我們這是在幫他。」良奇把手機收進口袋內。

「浩生是軍人世家，他爸對於進儀隊的事情始終不諒解，每每回家就是吵，把他找出來避避風頭，時候到了一起回隊上，這也是一個辦法。」宇鶴在曼妃身後解釋。

對吼，想起之前小田的路透引述，對浩生的印象也稍稍獲得和緩。

「只是……就我們幾個人來這地方，低消起碼個把萬吧？」曼妃試問。

「浩生都帶我們往這裡跑，這家的蹄膀可香了，還能吃到真正的排翅。」良奇光想到就饞。

蹄膀？排翅？曼妃瞇眼。

「良奇，電話給我。」

「幹麼？」他防備的問。

「我打給他。」

宇鶴在她身後使了眼色，良奇只能再按下撥通鍵。

「我正在換衣服。」浩生正在鏡子前換裝。

「蔡浩生，我是池光熙。」曼妃精神奕奕的說。

「我帶你去吃好吃的。」

****

曼妃帶著三人走到馳名的小吃店，吃著招牌的蹄膀飯，大鍋湯，手上還各一杯冰涼的手搖飲。

「要吃排翅，我沒有，可說到類似的，我還是知道。」

肥瘦相間的肉入口，化在嘴中的那股油香，滷汁滲入味蕾，讓曼妃臉上的表情洋溢著幸福感。

「嗯……人生於此，夫復何求。」

宇鶴看著她的表情，微笑中帶一股寵溺。

浩生以往都是跑大餐廳吃飯，鮮少走進巷弄間的小店，看著坐在對面的光熙，浮誇地享受眼前的一切，不免覺得有趣。

整個方桌前，最不開心的算是良奇了。

「好吃是好吃……可我的排翅……」他還在哀怨飛走的大餐。

「喝點大鍋湯彌補你的哀傷吧。」曼妃說。

「我本來可以打包回家給我媽的。」

「大鍋湯也可以滿足你孝順母親的心意，搞不好你媽超愛，白飯配上好幾碗。」

「不過就雜菜湯……」

良奇才剛叨絮，立刻被曼妃用手捂住嘴巴。

週圍的客人及夥計瞬間安靜下來，眼神銳利的朝向他們掃射。

「對不起啊各位，他是觀光客，還沒吃過這裡的湯。」

曼妃朝著大夥喊著，之後，她趕緊鬆開手，示意良奇趕快喝下。

「好喝嗎？」

「好……好喝！好喝！」良奇大喊，只求安撫眾人。

店家又回復往常的喧嘩，風波迅速平息，四人相對，忍不住大笑起來。

「嚇死我了……」良奇輕聲嘆口氣。

「千萬別得罪巷弄間的市井小民，他們要是較真起來，包你屍骨無存。」曼妃說。

「妳怎麼知道那麼多好吃的東西？」宇鶴問。

曼妃咀嚼著的，不光是嘴裡的東西，也包含出口的話。

「一個人慣了，自然會去找好吃好喝的，讓日子開心點。」

「一個人？怎麼？家裡沒溫暖是嗎？」良奇看出宇鶴眼神間的紛亂，趕緊接了話。

「我自小在育幼院長大，會當兵也是因為生活……」

　　曼妃本想再說下去，直到宇鶴在桌下踢了一腳，席間，其他人停下了筷子，錯愕的往她看去。

　　「吃吧。」

　　隨後，跑去看了場強檔電影，還在阿奇的央求下去 KTV 唱了三小時的歌，待四人走出錢櫃，浩生整個人醉倒在良奇的身旁。

　　「他行不行啊？」曼妃雖清醒，滿臉也是被酒釀得紅躁。

　　「阿奇，下次出來別點那麼多酒。」宇鶴忍不住發起牢騷。

　　「你看浩生那樣子，明天收假前能不能清醒還是個問題。」

　　良奇也是站著傻笑，他也是喝了不少。

　　「那個……先叫計程車把他們送回去吧。阿奇，浩生今晚睡你那，他現在這樣，回去也是被他爸揍，不好玩的吧？」曼妃看著浩生都站不直了。

　　「都可以啊，哈哈。」

　　「……妳呢？」

　　宇鶴小心翼翼的問著，此時的他，都不知是該喚她曼妃還是光熙。

　　或是，小白。

　　「妳晚上睡哪裡？」

「唉，我隨便找一間飯店睡就好了。」

曼妃現在根本無心想這事情，良奇的手越來越鬆，眼見浩生就快跌下去，她趕緊抱住了他。

浩生埋在曼妃懷裡的當下，宇鶴也說出：「妳晚上睡我那邊吧。」

「不行。」良奇瞬間酒醒。

「我不能帶浩生回家……等等我媽一囉嗦，煩死了。」

隔著兩人，他的眼神，凌厲的望向宇鶴。

此時的曼妃，正吃力的抱著無意識的浩生，根本沒注意到前後二人的變化。

宇鶴乾咳兩聲，把自己的神智拉回，他冷靜的幫著她，兩人一人一邊撐起浩生，讓良奇在路邊叫計程車。

「今晚就麻煩妳照顧浩生，我跟阿奇……家裡都不方便。」

兩人上計程車後，宇鶴充滿歉意地對曼妃說。

曼妃看著倒在一旁的人，再看著窗外的宇鶴，以及在一旁不語的良奇，是有一點詭異，可也得把浩生顧好了。

「沒事的，我會照顧好他，你們就不用擔心。」

我擔心的是妳。宇鶴心想，忍不住瞪了一旁的人。

「你們下榻哪個飯店，記得打給我。」

等到車子駛離，良奇才開口：「你房子收拾乾淨了沒？想當場來個人贓俱獲嗎？」

他不語。

「她不是小白啊，她是一個女人啊，懂嗎？她是要來抓你的。」

「你過問太多，不要忘記，你也有一份。」

「對！我也有一份，可是……」

良奇走到他面前，淚眼汪汪地注視著。

「我所做的一切，都是為了你啊……張祥斌。」

他冷眼看著他抱著自己。

「你為了小白，不肯接受我……沒有關係，我願意幫你，為你所用……可你不能為了一個像極他的女人，就整個亂了。」

「該回去了，你喝多話也多，行為舉止也越來越肆無忌憚……」

「我肆無忌憚？那個沈曼妃一來，你就變了，我還得跟著你演下去，這『袍澤之情』的窗花，一捅就破了，知道嗎？」

宇鶴憤怒地揪起他的領口。

「你回家，懂嗎？」

他鬆開手，推開良奇的擁抱，隨手招來對向的計程車。

「不是你上車，就是我上車。」宇鶴開了車門。

良奇默默地擦拭臉上的淚。

「我只是提醒你，不要忘記當時的初衷。」

看著良奇搭上計程車離去，宇鶴的心牆瞬間崩解，他漠然地徒步在深夜街道，不知多久，回到這城市一角，不起眼的老公寓內。

休假才回到這個地方，屋內的陳設，簡單到呈現待售的狀態。

桌上凌亂的報紙跟雜誌，剪成碎屑的段落，貼在信紙上的，尚未成段的恐嚇字眼。

一旁的白板，還貼著張福勇新任參謀總長時的照片，用著紅筆寫著「死」一個大字，掩蓋他得意的表情與軍戎。

上頭的條列，織就所有計畫，以及計畫如何進行。

他提起黑色的白板筆，更新目前的進度，雷烈的名字一旁，寫下沈曼妃的姓名。

想起初遇小白，

想起接近曼妃，

想起當時的記憶，

想起如今的劇情，

再想起良奇的話⋯⋯

他憤而丟下手中的筆，痛苦的蜷縮在一旁。

雷烈是怎麼找上她的？為什麼舉手投足間，都有小白的影子，唯有反抗與無懼，是獨一無二的⋯⋯

看著曼妃懟上卓誠仕的狠勁，面對浩生的無畏，這些都是小白沒有的，可坦承⋯⋯

當時在醫務室，看著她雙目緊閉，佯裝堅強的樣子，自己是花了多大的自制，才沒有扒開眼前人的衣服。

他，她⋯⋯

****

「蔡浩生，你他媽的醉死就算了，吐我身上幹麼？」

曼妃狠狠地背浩生進到房間，直接把他扔在最近的單人床上，插上房卡。

想起方才，旅館老闆看著證件，奇特的注視自己跟正在櫃檯邊上嘔吐的他，疑似被冠上夜店撿屍的登徒子。

還是一個女人撿男的！

「他媽的，老娘要撿也不會選你⋯⋯操⋯⋯」

忙活間，曼妃倒是酒氣全散，她脫下鞋襪，嫌棄的褪去身上沾染到嘔吐物的衣褲。

最後，只剩上身的束胸以及四角褲。

這下好了，到底是要先顧自己還是要顧他？

算了，先顧這小子吧。

「死阿奇，喜歡跟酒促妹聊天，也用不著……一次買整箱！」

曼妃一邊抱怨，一邊脫下他的衣服跟牛仔褲，隨手往旁邊的椅子放著。

浩生只剩下三角褲的攤在床上，精壯的身材，結實的雙臂與大腿，尤其是胸肌兩塊，伴隨著呼吸起伏。

在軍中，曼妃跟那麼多男人生活在一起，對此早已見怪不怪；尤其是大黑，光穿著條內褲在自己面前走來走去的畫面不計其數，但那是因為性向的坦承，所以放心。

可現在……人生中，第一次明白，何謂男女授受不親。

「……不要說我非禮你，你吐到不知人，我還得拿自己的衣服給你換上……」

深吸一口氣，她走到浴室，隨手擰了熱毛巾出來，仔細的幫他擦拭臉部以及被嘔吐物波及到的部位。

「你給我乖一點，我去沖個身體，很快就出來。」

曼妃輕輕的把被子給浩生蓋上，也沒多想，就把身上最後的衣著卸下，帶著換洗衣物走進浴室，準備讓自己洗上一個熱水澡。

沒多久，床上的人有了動靜。

浩生緩緩睜開雙眼，世界陷入一片天旋地轉，意識與行為的神經傳遞像極了恐龍，抬手，延遲十秒；轉身，延遲十秒。

甚至看著床邊櫃上的，旅館贈送的兩個保險套跟潤滑劑，呆滯十秒⋯⋯

幹，我在哪裡？！

他驚恐的坐起，面對未知的空間，看著俗氣的房間裝潢，以及老氣橫秋的歐式貴妃椅上，放著自己與他人穿過的衣褲⋯⋯

望向未關上的浴室，傳來沐浴乳的香氣，一個女人低吟哼歌的旋律。浩生站起身，緊張的走去，只見正準備從浴缸站起的「他」，與自己四目對視⋯⋯

兩方同時尖叫。

「池光熙，你在幹麼？」浩生嚇得靠在牆邊。

曼妃迅速退回浴缸裡，連忙拿起一旁未使用過的浴巾圍住下身，背對他站立。

「那個……浩生啊，你喝醉了。」她趁機套上衣服，拿起另一條浴巾掛在脖子上，掩飾胸前的雄偉，力保鎮定的回身。

「喝醉也不用帶我到……這是哪裡啊？這是什麼鬼地方？」

「不帶你來旅館，難不成睡公園啊？你不要緊張，不要害怕……呃……你去看電視，放鬆一下。」

才剛要走出浴缸，又見浩生大喊：「你不要過來，再過來我要喊救命了。」

天哪，現在這情況，該喊救命的是我吧？

「好好好，我不過去，你先回床上。」

「我要去床上幹麼……你要對我怎麼樣！」

她無言的看著浩生，他似乎又要尖叫了。

「你不要叫，再叫我就……」

「池光熙你這個死變態！」

「我沒有動你喔，你要搞清楚。」

「我如果都沒醒來，你是不是要動我了。」

無言了，曼妃滿臉青白的望向他，著實的體驗一把被誤會的滋味。

「唉，隨便你吧。」

她直接走出浴室，繞過驚嚇過度的他，坐在床上。

「你，喝醉了。阿奇跟宇鶴家那邊都不方便讓你睡，只能讓我帶著你，睡旅館。」

「你他媽沒有家喔？」

浩生問完，突然後悔。

「你說對了，我的確沒有家。」曼妃沒好氣的翹起二郎腿說著。

接著，兩方沉默了三十秒。

「拿去吧，我袋內有多出來的衣服，先借你穿。」

這麼乾在這兒也不是辦法，曼妃拿件 Tshirt 遞給他。

只見一個穿著灰色三角褲的直男呆站在門口，正考慮是要開門逃跑，還是要收下她手中的衣服。

「你不要想太多。」

她嘆氣，起身，直接拿起衣服的領口，走到他面前，為了不讓浩生害怕，她還只是套完就坐回原處。

「我要是真的想對你意圖不軌，方才進房間的時候，我就幹了，怎麼還會拖到現在？」

看電視吧，她的刻意迴避，總得要有個理由。

可沒想到，電視一打開，男女之間交歡的浪聲淫語穿梭在整個房內，曼妃趕緊轉下一台，又下一台，再下一台，只見從日本轉到歐美，從多P、第三性，甚至是同性。

「這些是怎麼回事！」

轉到第六次，看到一群身穿皮衣褲的外國男人交疊一起的畫面時，曼妃壓下心中的氣急敗壞，趕緊關上。

心虛地斜視站在原處的浩生，他依舊動也不動的靠在牆邊，脖子上還套著自己給的衣服。

「你該不會又茫了吧？」曼妃這下真的受不了，再度站起來走到他面前。

「來，手伸出來。」

浩生低頭看著正幫他穿衣服的人，試圖在昏茫的思緒中，找回一絲條理。

他聽見的，是一個女人的歌聲，他在浴室看見的，是一個女人的胸部，那眼前的池光熙，到底是……

女人？

浩生試探的摸向對方的喉嚨，曼妃立馬退開。

「你幹麼？我只是幫你穿衣服喔，不要誤會。」

他想追根究底的明白，可才扯下她脖間的浴巾，浩生的胃再次翻湧。

這下子，浴巾成了接下他嘔吐物的容器，曼妃趕緊帶著他坐回床上，用腳把垃圾桶勾到面前，讓浩生吐個夠。

「欸，你吐小心點，這可是我最後乾淨的衣服，再髒就沒了。」

又一次，曼妃把他攔回床上躺著，滿臉愁容的看著杯盤狼藉的週圍。

「完了，我會不會被多收清潔費？唉唷，蔡浩生……你能不能別那麼麻煩……」

才走出幾步要收拾殘局，只感到下身的浴巾鬆了……

她側頭，一臉刷白的看著，浩生一手抓住她僅存的防備，而曼妃底下……什麼都沒穿！

「啊～幹，你在做什麼？」曼妃趕緊拿著浩生的被子遮住下體。

沒有……浩生還在確定方才所見的，真的沒有……

還想證實的當下，曼妃直接把被子掩住他的頭。

「蔡浩生，你他媽做賊喊抓賊啊！說我變態的是你，幹這些事情的也是你，我真不客氣了。」

曼妃直接坐在浩生身上，雙手箝制住他的，緊壓著。

「池光熙……」浩生硬是把頭掙扎出來，雙眼泛起些微紅暈。

「……你知不知道我爸是誰？你敢這樣子對我，你死定了！」

是啊，我是死定了……曼妃腦筋一片空白。

她是坐在他身上沒錯，但是，隔著一層內褲，也感覺到底下的堅挺。

「你回答我啊……」浩生的逼問，口氣帶著顫抖。

「反正橫豎都是死，不是嗎？」伴隨劇烈的心跳，她的回答，帶有異色的氛圍。

浩生再次掙扎，想脫離箝制，想扒開眼前人的衣服，試圖說服自己的反應是正當的。

「重要嗎？蔡～浩～生！不要逼我綁你哦！」

「……妳是女的，對吧？」

　　他覺得自己快瘋了，試圖要對自己的勃起，找個合理的解釋。他感覺到自己貼著的，是一股熱流湧動，他不是沒經驗，他有的！

　　這是一個，女人的部位啊……

　　與此同時，曼妃自問該當如何，下一步，是該抽身離開，讓浩生獨自面對此刻，還是……

　　還是什麼？沈曼妃，妳還想怎麼樣？妳正在執行任務，怎麼能讓自己脫序成如此之勢？

　　「要嗎？」

　　浩生輕聲一問，敲亂她的理智，曼妃蹙眉。

　　平日趾高氣揚的蔡浩生，現在正渴望著自己？

　　他是在喚誰，女性的我，還是這個身份的我？

　　這張臉，此時此刻，在這燈光下，怎能如此好看……

　　「放開我……我想摸妳，拜託。」

　　「不行。」她的回絕，帶著嘶啞。

　　「那妳要我怎麼……啊……」

　　浩生無法再說下去，看著坐在他身上的人，正扭動著身軀，隔著一塊薄布的距離，都快炸了。

「聽話……別動。」

曼妃把方才被扯下的浴巾，用腳趾勾起，直接甩在浩生的臉上。

就在他還沉溺在方才的一絲銷魂中，根本來不及反應，只感到雙唇溫熱，對方正在吻著自己。

「你那臭嘴吐了兩次，鬼才會親你。」

曼妃咬住浴巾的一部份，讓浩生露出了眼與鼻，卸下。

「可我就是個鬼啊，呵呵。」

他雙眼迷離，眼前的人，是池光熙，還是別的誰，都不重要了……

他明白，坐在他身上的，是個女人。

這嗓音，怎能如此蠱惑……？

「我如果把手放開，你乖乖的不動，我就會讓你……很舒服，好嗎？」

嗯……浩生弱弱地點頭。

曼妃俯身，將她的唇埋進他的耳際。

****

收假那晚，各自帶著不同的心事。

　　宇鶴特地早回營區，希望能遇上曼妃，經過新兵的寢室間，只見她一直在上鋪睡著，背影對著外頭。

　　回到自己的，見著正跟其他人聊天的良奇，兩人相視，無語錯過。

　　收假前 10 分鐘，浩生才匆忙返回營區。晚點名結束，聽著長官例行性的訓話，大夥得知，下個月就是駐防測考，一旦測試通過，就等著與其他二儀在北部輪流派駐。

　　「你們新兵啊，最好給我皮繃緊點，歷屆以來，就你們毛最多！別以為駐防考跟你們沒關係，該考的還是會遇到啊！不要跟我說不會，該上的課一堂也沒少，再讓我聽到你們學長曾經講的扯淡話，不光你個人的事啊……大夥跟著一起連坐啊，聽到了沒有？」

　　此次派駐測考對新兵而言，進度的確是太快，宇鶴看著曼妃，她根本過不了……

　　她今天是怎麼了？無精打采的模樣。

　　良奇也留意到宇鶴的注視，他不禁看向同一排的浩生……這兩個今天是怎麼了？

　　直到晚點名結束，回到寢室，宇鶴見良奇正靠著床沿問浩生。

　　「你們昨天發生什麼事？」

「沒事啊。」浩生正在掛蚊帳，隨口虛應。

「你他媽這嘴臉叫沒事？」良奇直接把未掛上的蚊帳攫在手中。

「看著我……沒有心虛就看著我。」

浩生沉著一張臉望向他。

「我說，沒事。」

「你跟池光熙昨晚在哪裡睡的？」

「睡的」二字，在宇鶴的耳裡格外不悅。

「旅館啊。」浩生的語氣開始不耐。

「然後呢？」良奇追問。

「就睡覺啊，不然還幹麼？上床喔？」

宇鶴差點要衝過去揪他領子痛揍。

良奇把蚊帳還給他，饒有興味的一笑。

「我量你也不敢，你可是個直男，討厭同性戀的。」

浩生停下手中的動作，眼神怪異的看著他。

糟了！宇鶴看著眼神不對，想必真的發生什麼事，他趕緊回頭，往新兵寢室走去。

119

趁著大夥正忙著就寢準備，大黑經過曼妃的上鋪，快速扔了包東西給她。

熟練地放在棉被底下，曼妃掛上蚊帳，準備就寢。

「學…光熙。」

大黑叫住了她，彼此注視了幾秒。

要不是一早學姐打給他，他根本就不知道昨晚竟發生如此荒謬的事情。

「我沒事了。」知他者，曼妃笑著安慰他。

大黑強忍著怒火，轟然步回自己的床位。跟著學姐這段期間，他早就知道曼妃的性子。

他不是吃醋，而是心疼。

該死的，這是什麼滲透任務，什麼遊戲？

直接找出張祥斌，一槍轟了他腦袋瓜不是最快？還會有蔡浩生那王八蛋的什麼事嗎？

就在大黑回到上鋪前，見宇鶴學長寒著一張臉走進，直接腳踩曼妃下鋪的床架，整個上身被他掀開的蚊帳吞沒。

「我靠，宇鶴學長怎麼回事……」旁邊悄聲四起。

蚊帳內，曼妃正裝上大黑幫她買的護襠，才躺著，剛把褲子拉上一半，宇鶴就這麼掀開，嚇得她僵直在原地。

「宇鶴你……」

「你跟蔡浩生到底怎麼回事？」他低語，眼神卻帶著愀然。

「沒事啊。」曼妃隨口回應，看似從容的把褲子穿上。

「不是叫妳打電話給我嗎？怎麼沒打？」

「昨晚太累了，學長。」她坐正來。

蚊帳內氣氛冰冷，曼妃都能感受到宇鶴呼吸的起伏。

「……你生氣啦？」她看著，不懂他眼神裡的含義。

「妳是不是……」宇鶴不敢再問下去，他害怕問出事實。

可是，他想知道，這念頭讓他逼近癲狂。

「跟他上床了？」

曼妃客套的笑容緩緩落下。

「不算是。」

就算答案如此，可他就是了……

「好笑的是……他到現在還不知道我是女的，哈哈哈……」

原想雲淡風輕，終究無法自持。曼妃單手遮住雙眼，讓淚水逕自在掌心內流淌。

「我錯了，學長……對不起……」

名為悔恨，吶喊無聲。

宇鶴試著保持鎮定，回憶再次襲捲，他緊閉雙眼，再次睜開時，過往的人，與眼前重疊。

當年，小白也是如此，

當時，他只是看著，

當下，內心卻不斷翻湧。

「想哭，可以。」

曼妃搖頭，迅速收回了情緒，她抹去眼中殘淚。

「是我的錯，我不應該……」

宇鶴摀住她的嘴。

「是我的錯，讓妳獨自面對他。」

他將額頭抵在她的，隔著自己的手，輕吻著。

哀傷在顫抖的雙唇中起伏，無法言明的後悔。

十年前如此，十年後不該。

蚊帳外的眾新兵看傻了眼，連同大黑也是，懸在半空的手差點抓不住，險些從上鋪摔下去。

甚至，還包含在寢室門口呆看的良奇與浩生。

這到底是怎麼回事？

曼妃被他的行為感到愕然，可想到曾經手過的資料，關於小張的精神狀況⋯⋯

她緩緩閉上雙眼，試著在他的過去裡，扮演著共情的存在。

「呃⋯⋯曲宇鶴啊。」新兵排廖排長走到他身後，尷尬的說著：「就寢時間到了。」

曼妃睜開雙眼，宇鶴早已慢慢把自己帶開距離，把手放下。

「下個月駐防測考，進度會很緊湊，我會用盡全力，傾囊相授，勢在必行的把妳帶出去。」

「我都不知道自己行不行，別被我拖累。」

「不行，我就想方設法留下來陪妳。」

曼妃看著蚊帳外竊竊私語的人群，不禁一笑。

官校時期，自己就是風口浪尖下的話題人物，老是替人出頭，得罪了不少同梯跟學長。

同樣是女孩子，別人當兵，當得是集萬千寵愛於一身，自己卻是跌跌撞撞，令人深惡痛絕。

一個不懂得與人相處的自己，能在團體生活中有什麼好處？

本以為畢業後下部隊就能好過些，沒想到⋯⋯

「笑什麼？」宇鶴看著她豐富的表情變化，笑著欲伸出手。

「曲宇鶴，聽到了沒？」廖排嚷嚷著。

「我會努力通過測考，你可得好好教我。」

連出個任務都能把自己搞得如此招搖，曼妃也是認了。

「我會保護妳。」宇鶴拍了拍她的頭，隨後退出蚊帳。

「廖排，交代點事情，抱歉。」

「就……」廖排也是彆扭，只能跟在宇鶴身後唸叨。

「你是整個營區內的二學長，我也沒多講什麼，只是……」

兩人走向門口，剛好對上良奇與浩生。

「你跟池光熙是認真的嗎？」

「廖排長，你要祝福我嗎？」

「真是……下次不要拖到那麼晚。」

廖排長也只是用手比劃了宇鶴幾下，隨即走回寢室區內。

「……認真？」良奇的問句，玩笑中帶點醋意。

宇鶴只是一笑。

「我要把光熙帶去駐防，這段時間……」

他看向一臉陰鬱的浩生。

「任何人，都不方便打擾他。」

看著兩人的反應，良奇瞬間明白了某些事。

浩生畏懼佈滿敵意的注視，現在的他，思緒依舊紛亂，只能選擇頭也不回的離去。

蚊帳內的曼妃，沉默的看盡這一幕。本料到浩生會有此反應，卻還是疼了。

不禁冷笑，這種心上被劃一刀的感覺，許久未曾經歷。

「也好。」

她躺回床上，就讓昨日化為一場夢，終究是會醒的。

另一方面，良奇擋在宇鶴回寢室的路上。

「你瘋了？把她帶去駐防，我們要怎麼行動？」

「這事你就別管……」宇鶴越過他繼續前進。

「我豈能不管！」良奇再次擋在他面前。

「我們在同一條船上，唇齒相依，一損俱損。不要為了一個替代品，礙了我們所有的計畫。」

「她才不是什麼替代品！」

「她不是小白。」良奇低聲的說。

「……我知道。」宇鶴拍了拍他的肩膀。

「那你想要怎麼樣？不要忘記，她是來抓我們的。」

「她還不知道我們是誰。」

「是嗎？哈哈……你是裝笨還是真傻？」

良奇苦笑，隨即轉身離開。

****

隔天上午，如曼妃所預測的，輔導長找上了她。

「怎麼了？龐德，把我的人帶去哪裡啊？」宇鶴笑笑的問著。

「你小子行啊，傳言果然是真的。」輔導長雙手放在腰際上。

「什麼傳言？」曼妃把自己的步槍交給宇鶴。

「都幾天了，老是在營區內放閃，不害臊？」

「哪來的事，別聽人亂講啊！哈哈！」

三人在遠處談笑的畫面，在浩生的眼裡格外不是滋味，大夥也正在為駐防測考而努力練習，只要能出去，意即換取半個自由，總比在營區內整日出操練習兼拔草強！

「我聞到一股奇怪的味兒。」良奇在一旁若有所指的說。

「又酸又苦……」

「你他媽說什麼東西啦？」浩生不耐地回他，帶著自己的步槍往另一邊走去。

自從那一夜，浩生陷入了混亂。

他從池光熙的嘴，感受到前所未有的愉悅與高潮，但那股噴發，對浩生而言，是疑惑，甚至感到下流與排斥。

他到底是男的還女的？

事後，池光熙穿上衣服，帶上細軟，倉促離開，留下仍在激情餘後，恍惚不已的自己，心頭的紛亂，如同當晚的場景。

他問過飯店的櫃檯，留下的，的確是池光熙的資料，男性……

浩生再追問，得到的是老闆擔憂的眼神，以及問他要不要報警的關切。

收假那晚，宇鶴的行為，坐實了他不交女友，是因為同志的傳聞外，也讓浩生心頭，澆熄池光熙是女性的妄想。

可那晚，他聽見的歌聲，看見的裸體，真的是因為喝多了嗎？

「你怎麼啦？我不過就調侃宇鶴跟光熙的事情，你整個怨婦臉似的。」良奇若無其事地走到他身邊。

「你看他倆，什麼時候在一起的，連我們都不知道，真他媽沒意思。」

見浩生不語，良奇又說。

「你有沒有認識的妹，介紹一下嘛！」

我可能真的聽錯，也看錯了。浩生心想。

有段時間沒交女朋友，一定是自己精蟲衝腦想瘋了。

不行！我得振作！不然真的被掰彎了怎麼辦？

「喂……蔡浩生你去哪裡啊？」看著他莫名起身離開，良奇追問著。

隨後，見著浩生走遠，眼神一變，良奇又望向遠處獨自站在原地，看著曼妃跟著輔導長走遠的宇鶴。

兩人四目相接，眼色都帶有不同的擔憂。

****

「妳休假一整天，在范中將家做什麼？」

輔導長室內，只有龐德與曼妃，他直接關上門，敞開的問著。

「……龐德怎麼知道我去范中將家？」

那天，她把御筆交給大黑，他那天的行蹤，就是龐德所知的。

「……范中將已經退役，跟此案早已無關，妳怎麼會跑去他的住所呢？」

曼妃沉默了幾秒，用了原聲回答。

「輔導長對於『張祥斌案』格外的重視，就不怕過於關切，露了不該露的嘴臉？」

龐德憤怒地拍桌，代表他的立場。

「張祥斌一天不伏誅，就會再有一個軍人因他而死，雷烈那混帳究竟還留了幾手？他把所有弟兄的生死安危當成兒戲嗎？」

「張祥斌如今會變成魔鬼，是他自己造成的？還是這個環境使然？」曼妃明白表明雷烈的立場。

「生為軍人，軍紀是絕對服從，這個道理還需要我教妳嗎？」

他走到曼妃面前。

「信不信我直接端了妳的身份，讓妳滾回鈺山？」

「也好，我本就想回去。就讓張福勇的人跟輔導長繼續在這裡盲猜吧。」

「很好啊，沈曼妃……妳早就知道我的用意了，對吧？」

「輔導長為國為民，也聽命於參謀總長，身為下屬，本就明白輔導長的用心良苦……」

「妳他媽的給我住嘴，聽妳的冠冕堂皇我就犯噁心。」

龐德憤然的坐回自己的位置。

「曲宇鶴為何處心積慮的要把妳拉進駐防？」

「因為他喜歡我。」

「他知道妳是女的嗎？」

曼妃看著龐德，不語。

他像是抓住把柄似的，揚起得意的笑容。

「他就是張祥斌，對吧？妳跟白佑承長得太像了，也難怪他會露出馬腳。」

曼妃哼笑，壓下她的不安。

「你怎麼不說我跟別人？羅良奇是我們目前掌握到的嫌疑人，他對我也頗有興趣，還有那蔡浩生……」

「蔡浩生可是中將的兒子，別把髒水潑到他身上！」

曼妃被龐德的話激到差點暈眩。

「髒水？他是怎麼進的儀隊？輔導長應該比我還明白。」

「我現在不是跟妳討論他……」

「那我們就把話簡單點講，你要端我，隨時可以，越快越好，就怕到時如你所言，要是又死了一個軍人……」

「妳以為妳是誰？真的非妳不可？」

「現在這個情況……好像真是如此。」

「混帳東西！」龐德氣到把桌上的公文往她身上扔。

曼妃默默的把散落在地上的文件，按照版面排好闔起，重新交回龐德的桌上。

「輔導長，我也是一介軍人，國家派發任務給我，我必克盡厥職，不辱使命的去完成。可惜的是，我倆站在不同的立場，聽從的是不同的長官，相信這其中的無奈，輔導長勢必比屬下更清楚。」

這水，太深了。

「妳有幾成把握？」

半晌，龐德才問著。

「只要能讓我進駐防，起碼有八成。」

「妳少往臉上貼金，駐防是妳說進就進？」

　　「所以，我才要仰仗宇鶴學長的幫忙，良奇學長的注視，以及浩生學長的關係。生為軍人，軍紀是絕對服從，這個道理……輔導長剛剛已經提點過。」

　　「我不希望再有弟兄喪命……連妳也是，妳的直系長官我也算認識，別把麻煩事兜我身上，懂嗎？」龐德雙眼如火炬般的瞪著她。

　　「屬下明白。」

　　「從今天開始，妳的一切盥洗，都來我這邊解決。」

　　曼妃不懂輔導長的用意，但她相信，這是出自於善意。

　　「謝謝長官。」

　　剛走出輔導長的辦公室，曼妃就見宇鶴站在牆邊，手上還拿著她的步槍在等著。

　　「妳還好吧？輔導長跟妳說什麼了？」他把槍還給她。

　　看著宇鶴擔憂的表情，有幾秒間，曼妃都不敢確認其中的真偽。

　　「龐德知道我的身份，逼著我問進度。」

　　宇鶴錯愕的拉住她。

　　「然後呢？」

「我能查到什麼？他不相信，說要端了我的身份，叫我滾回鈺山。」曼妃苦笑回應。

「也好，滾回去就滾回去，就不用麻煩你跟阿奇拼命替我遮掩身份……」

「不准走，聽到沒有。」宇鶴的口氣，命令中帶點威嚇。

「我會陪在妳身邊，不會再讓任何人欺負妳了。」

「……好，我們繼續練習吧。」

宇鶴開心地牽著她的手，往室外走去，曼妃心中不免嘆息。

張祥斌，十年前的你，究竟是發生什麼事？

＊＊

「你知不知道，現在打給我，是有多突兀？」雷烈匆匆走出會議室接起手機。

「突兀？曼妃都把自己陷進風暴裡頭，我還能怎麼辦？」大黑私下偷偷用著公用電話，不時還四處張望，深怕有人發現。

「這是她的任務，你不能干涉太多。」

「干涉？你知道那天晚上發生什麼事嗎？學姐跟蔡浩生差點上床了，你知道嗎？曲宇鶴莫名其妙的要把學姐拉去駐防，你知道嗎？她一個女人，被兩個人嫌疑人卡在中間，還有羅良奇對她莫名關切，這不是死局嗎……」

「等等，我聽不懂。」大黑一知半解的說詞，讓雷烈瞬間腦袋打結。

「聽不懂？你跟曼妃什麼事情都不跟我說明白，你當然聽不懂，我也快被你們急瘋了！」

「你太大聲了，別忘記你在營區裡。」

「你勢必要讓我知道來龍去脈，否則，我就盲做！」

電話一掛上，大黑滿身冷汗的喘氣，才剛走出電話區，後頭一聲叫喚，讓他卡在原地。

「現在可不是講電話的時候。」

大黑回頭。

「呃⋯⋯輔導長好。」

正想著說詞的大黑，被龐德牢牢的看在眼裡。

「叫我龐德就好⋯⋯想幫妳學姐的心情我明白，曼妃這幾天，確實不好過。」

「輔導長你知道了⋯⋯」

「我一直都知道啊，我可是你們這期的選兵官，忘啦？」

大黑這才放下緊繃的情緒。

「我可以幫你，你也可以讓曼妃知道，你目前為我所用，她會明白的。我們……」

龐德雙手拍了拍他的肩膀。

「不都是為了把事情辦好嗎？」

****

「浩生你看什麼啊？」午休時間，一旁幾個同梯，訕笑的看著他手中的報紙。

「那不是最近有春宮影片外流的女網紅嗎？有沒有『車』啊？」

「你往常都不看這些新聞，怎麼？轉性啦？」

「身為男人，我也喜歡看女人，不行嗎？啊！」

浩生刻意的彰顯對異性的需求。不過，在寢室外……

曼妃在宇鶴嚴厲的注視下，不斷的在練習基本動作，節拍器在一旁穩定擺動，同時也在提醒著她不能錯拍。

「宇鶴啊，她現在連前平都還會錯亂，手的擺法也不對，這麼逼她練第二套，不行啦。」良奇在一旁靠牆看著。

「時間不多了，節拍掌握得住，別掉槍，其他的都好講。」

「你當幾個訓練官都死了是嗎？他們這次，壓根沒想讓新兵駐防……」

「妳的手怎麼又掉了！」

宇鶴根本聽不進良奇的勸誡，直接撐住曼妃的右肘。

「妳把她臂上的沙袋先撤下來吧，都半個小時了。」

「我正在教人，你能不能安靜點？」

看著寢室外，兩人為了訓練問題起了爭執，其他人好奇的張望著，浩生手中的報紙，也隨著思緒而緩緩落下。

莫名的心折，他望向外頭不發一言的池光熙，維持著姿勢動也不動，汗流浹背的站在原處。

「我們的二學長真是瘋魔了，怎麼樣都想把他愛人帶去駐防，天知道在外面會發生什麼事。」

「不知道池光熙是 1 還是 0 ？」

「都有『隱疾』了，1 也當不起來吧？」

寢室內的人訕笑著，外頭的動靜在他眼裡成了慢動作畫面，隨著多年前的記憶，慢慢湧現⋯⋯

揹著書包的身影，悄悄的沿著牆角張望。

父母又再吵架了，爭論的，還是他的出路。

媽媽激動地哭喊，三個哥哥都隨了爸爸的心願，投身軍旅，各有所長，剩下的兒子，她怎麼也不願意成為丈夫的期望之一。

　　她只想留住一個，能在身邊陪伴的孩子。

　　時間繼續前進，這是他身為儀隊後，營區第一次開放懇親，他跟其他同袍練了好久的槍法，終於有機會在父母面前展示。

　　浩生期盼著與父親的和解，可來的終究……

　　「你爸今天有事，所以……」

　　「他還是瞧不起我，對吧？」

　　「別管他！你是我兒子。」

　　「我也是他兒子啊，蔡炳胤中將的四子。」浩生淡然地擦拭禮槍，早已通透。

　　隨著表演前的準備，他起身，直接走向集合隊伍。

　　「唷，他爸沒來啊？」身旁的風言風語沒停過。

　　「來什麼啊！你沒聽說，這個禮兵是求的……他媽……」

　　「有話非得在這邊講嗎？」

　　閒言閒語暫時結束了，訓完話的排長走到浩生身邊。

　　「學弟，沒事的。上頭有交代，要我特別照顧你，做自己的事就好。」

　　上頭……會是誰呢？他不免冷笑，側頭看著不遠處，正在跟儀隊長老呂說笑的母親。

他這個兒子，沒有自由，也當得窩囊。

隨著號令，與隊伍分列行進，舉起步槍，踩著熟練的步伐，同樂儀的節奏，操練日復一日的槍法。

當下，浩生很想拋槍走人，逃離現場，豆大的汗水落在臉頰，像極壓抑許久的委屈，即刻崩裂⋯⋯

不知何時，他已走到曼妃面前，接下她失手拋歪的步槍。

所有人都在看著。

「教人也要有個限度，他不用休息是嗎？訓練官是死的嗎？」

「蔡浩生，我說過，任何人都不方便打擾他。」

「他累了，讓他休息。」

「這跟你沒有關係⋯⋯」

才上前要與宇鶴對峙，曼妃趕緊拿回他手中的槍。

「學長，我沒事。」

「沒事？臉色那麼差，你不需要休息嗎？」

看著他一臉關切，曼妃卻只是慘笑，她在走廊外早就聽光寢室裡的一切，包含浩生那句表達自己是直男的言語。

「⋯⋯你管不著吧。」

浩生當場愣住，甚至帶些惱火。

「浩生，你回去。」良奇欲把人拉走。

「蔡浩生，你杵在這兒有什麼用？浪費我跟他的時間……」

「你處心積慮想把池光熙帶去駐防，究竟是為什麼？」

宇鶴得意的笑容，有戲謔的表情。

「你覺得呢？跟你有什麼關係？」

「好了，跟你沒關係……浩生！」良奇抓緊他的右臂，示意他不能再說。

看著兩人，他從不在意宇鶴的態度，基本上，浩生很明瞭人與人之間，相互利用與幫襯的關係。

可對著光熙……

他自顧自地走向遠處練習，彷彿一個路人，毫不在意三個男人之間的爭執。

浩生笑了，眼神也對到另一端寢室處的大黑，在這當下，內外都在看著，他的無地自容與尷尬，終究得有個說法。

「阿奇，別忘了，你說要介紹妹給我的事情。」

「唉唷，會有的啦！急什麼？發情喔！」

「幹，你就吃素不發情？」

　　兩人訕笑的走回寢室，算是結束一場鬧劇。

　　宇鶴收回笑容，望向曼妃的背影，槍托擊地，左臂終於與身體呈垂直度角，跟上節拍器的奏版。

　　手放下，步槍舉起，轉身，看著她眼眶泛紅，仍把第一單元整個做完。

　　「還行吧？」看著宇鶴走來，正無語拆卸她身上的沙袋，曼妃問著。

　　「……忘記他，有我就夠了。」

　　「本就該忘記的，只是意外……」

　　「如果那天，我堅持帶妳去我家……」

　　看著宇鶴的手在抖，她抬頭一看，兩行淚就在眼前落下。

　　「沒事了，會過去的。」曼妃感覺他快失控了，連忙雙手捧著宇鶴的臉，將他的淚抹去。

　　她揚起笑容，試圖安撫他的情緒。

　　「他不知道我是女的，自始至終都不知道，別擔心。」

　　「我不想再失去一個人了……」

　　語畢，宇鶴錯愕且心虛的看著她，深怕自己說漏了什麼。

　　午後的陽光照進，曼妃的笑容多了份溫暖。

「你不會再失去任何人，只要……」

「你們在幹什麼？」一旁突然有人吼著。

****

操場上，宇鶴跟曼妃提著步槍，伴隨午後驕陽的炙熱，定睛的望向前方。

還有陸儀隊長，以及一旁看熱鬧的隊員。

老呂才剛從辦公室睡完午覺出來，呵欠才打到一半，看見底下的兵在眼前摟摟抱抱，還捧著臉，下巴差點沒掉下來！

「你們行啊！老子當了幾十年的軍人，頭一回見兩個男人在我面前摩摩蹭蹭，是把營裡當賓館了是嗎？」

「報告，沒有。」曼妃壓低聲音回答。

一個巴掌迎面而來。

「讓你說話了嗎？你個玻璃！長得就是付屁精樣！」

這巴掌為之響亮，讓隊伍裡關心他的同袍，不由得倒抽一口氣。

還包括知道她真實身份的人。

老呂這巴掌讓曼妃差點站不起身，熱燙的痛覺伴隨鼻血湧出，也只能稍稍一抹，重新站回位置上。

「報告隊長，是我誘拐池光熙，意圖讓他與我發展不正常關係，所做所為，皆由我一人承擔。」

「曲宇鶴，你也是混帳！」

一腳直接踹在下腹，他瞬間躺在地上，隨著痛苦緩緩站起。

「身為二學長，藐視紀律和法治，同袍怎麼看你，底下學弟們都在看著，他們又怎麼想？」

大黑、良奇，以及浩生三人，臉色都異常難看，尤其是最後一個，他羞憤之餘，竟然還莫名感到心痛，見著光熙流不完的鼻血直往手上抹，他只能緊閉雙眼的別過頭去。

老呂看著兩人，尤其是她。

「池光熙，把鼻血擦了，隨後來隊長室報到。」

等老呂一走，其他人也隨著鳥獸散，根本不敢往兩人身上靠攏，這個時候，任何聰明人都不想跟他們扯上一點關係。

曼妃才剛要轉身離去，宇鶴隨即拉住她。

「沒事的，我大不了身份暴露，發回原部隊。同性戀的事情就不攻自破……」

「妳去跟老呂坦承身份，把我供出來。」

「什麼意思？」

莫非……

「妳跟他們說，我就是張祥斌。」

****

走進隊長室前，曼妃腦袋一片空白。

倘若真按照小張的話做，事情的確簡單，任務結束小張被抓，她發回原部隊，一切自然不過。

但是……

「隊長，新兵池光熙報到。」

她走進隊長室內，看著輔導長龐德也在裡頭時，這事情就開始變得不簡單。

尤其是一旁……

「的確挺像。」

坐在沙發上，雖說是一身便服，但這張臉，隨便一個老百姓都認得出他來。

「參謀總長好。」曼妃恭敬的向他敬禮。

老呂主動關上門窗，尷尬地坐回他的位置上，手中一疊極秘卷宗看到一半，他只略略看了曼妃一眼，便朝著輔導長一頓埋怨。

「龐德，你倒是藏得挺深。參謀總長什麼時候跟你下達的指令，這麼多人滲透來我們這裡，為什麼一個字都不跟我報告。」

「老呂，我也沒辦法……」

「少來！當我第一天認識你啊？這筆帳我早晚跟你算！拿不拿我當回事？叫我隊長！」

「呂隊長啊，這也是緊急任務，就行個方便，大夥……」

「長官，恕我直言，這裡是陸軍儀隊，不是參謀本部，你們來抓人，問過我這個儀隊長嗎？問過三軍總儀隊長嗎？把我這兒當什麼？臨時收容所？還是幼兒園？案子破了，人員各回四方，陸儀還要不要執行勤務？還是你們本部來替我們駐防、迎外賓，順便操持國慶表演跟聯合軍禮等項啊？」

曼妃總算見識到老呂相傳的膽識．不光挑菜．還專拔老懶。看著老張的臉色刷下一層白，曼妃險些原地笑場。

「老……隊長，事況緊急，我真的是有苦難言，拖了多長時間，連總長都親自來關切，請……」

老呂雙目一瞪，龐德也只能住嘴。

看著桌上的資料，再看著曼妃腫了半邊的臉，面頰上的鼻血漬尚未清潔，他不耐地起身，直接坐在另一邊的沙發上，與老張對視。

「沈曼妃，過來。」

她嚴謹的站在兩人中間。

144

「坐吧，孩子。」

「是。」

「不是你，給我起來！」

屁股才剛坐在另一側的沙發上，老呂又一吼，差點把曼妃給嚇站了。

這下，本來要在老張身旁坐著的輔導長，只能乾站了。

我的天哪……曼妃惴悸著，老呂的吼聲可是她目前的軍旅生涯中，見識過最響亮的。

「孩子，在長官與輔導長面前，叔叔跟妳說聲對不起。」

「呃……隊長，沒關係的，這裡是軍中，我跟宇鶴學長的確是太過了……」

「曲宇鶴知道妳是女的嗎？」老張突然開口問著，瞬間打斷曼妃的話。

在反覆思索間，她不斷揣測兩種答案的可能性。

「曲宇鶴，就是張祥斌。對吧？」

老張的再次發問，瞬間讓曼妃冷靜下來。

面對如此進退兩難的狀況，她的選擇只有一個，就是遵從長官指示，必要時犧牲自己。

可眼前人，並不是她的長官。

「報告長官，宇鶴學長，知道我是女的，而且……他不可能是張祥斌。」

「妳怎麼知道他不是？」龐德輕蔑的問。

「張祥斌，如果按照年紀，現在已是 41 歲……」

「他可以整容啊，現在的技術聽說可好的呢。」

「報告輔導長。」曼妃定睛的望著龐德，帶點女性的嬌羞。

「以一個 41 歲的男人而言，如果曲宇鶴就是張祥斌……那麼，他的體力，似乎太好了。」

曼妃話一說完，老呂口中的茶差點被嗆出來。

龐德與老張則面面相覷，半天說不出一句話來。

她則繼續演著，心想，這或許就是在陸儀的最後一場遊戲。

起碼，還有大黑可以執行任務。

性別，終究是曼妃跨不過的最大門檻，但她選擇保住小張岌岌可危的一條命。

「沈曼妃，妳知道隱匿軍情的後果會是如何？」老張仍不放棄。

「國家派妳來這裡是要找人，不是來談戀愛的，這裡留妳何用？滾回原部隊就好啦！」

老呂這下也陷入兩難，他極度缺員，不能輕易放掉任何一個兵力，但礙於沈曼妃的性別……

忽地，辦公桌上的電話響起，他起身去接。

「有屁快放。」老呂只能把這無奈發洩在打來的門口警衛身上。

忽然，他的神色變了。

「快讓他進來，我出去接。」

不等老張發問，老呂快步地離開辦公室。

這個空間裡，剩下曼妃孤身對著兩個人。

「那羅良奇總是了吧？」老張的口氣也開始不耐。

「羅良奇雖然是單親，但他的家庭背景是有的，所以，他不是張祥斌。」

「那妳說，到底是誰？」

曼妃沉默了，她接下來說的話，很危險……

「張祥斌已經完全改頭換面，資料都能造假，身份上也毫無破綻的混入軍中，那就代表，他的背景一定乾淨，甚至無父無母，或是家人遠在國外無從當面查證……」

「要查背景有什麼難？」老張側頭看著龐德。

「你來查，徹底搜個底朝天……」

「總長這是要掩耳盜鈴，巴不得全營區的都知道，我們在查案嗎？」

熟悉的聲音響起，曼妃回頭，趕緊起身敬禮。

老呂開門前，雷烈就聽見老張在裡頭發號施令，要不是之前大黑那通電話，提醒著自己要留意曼妃的狀況，否則，今晚怕是有人會出事。

「長官好。」曼妃看到救星來臨，眼神擋不住的發亮。

「你來做什麼？」老張滿心不悅地看著他的到訪。

「跟總長一樣，微服私訪，過來關心案情。」

雷烈直接坐在曼妃身旁，擋住老張對她的視線。

「你的人到現在沒查到任何事情，倒是跟裡面的阿兵哥談起小戀愛來，成何體統？」

雷烈回頭，眼神帶著責怪。

「誰啊？」

「是本隊上的優秀學員，曲宇鶴。」老呂代替曼妃回答了。

「混帳東西，這就是妳辦的差？」

曼妃低頭不語。

「不妨，把曲宇鶴叫來吧，有我們在，兩位將軍請放心，如果他真的是張祥斌，試試他便知。」

不等老張開口，雷烈倒是爽快答應。

「好啊，我倒是想看看，是哪個三頭六臂把我的人給拐了……」

看著老呂拿起電話，通知安官把宇鶴帶來，曼妃雖表面不動聲色，內心卻直犯嘀咕。

雷烈怎麼會突然到訪？是誰讓他來的？要是小張暴露了身份，這場遊戲在我們這裡，就算是失敗了。

宇鶴進到隊長室，沉穩的表情，看到兩位熟悉的面孔，瞬間變得玩世不恭，直到看見曼妃，還是對他投以害羞的笑容，就像一對真正的情侶。

她怎麼沒說？難道……

「你就是沈曼妃的男朋友？」

雷烈起身，走到身邊打量著，還拍了拍他的肩頭。

「身板子挺不錯的，年輕就是好啊。老張，想當年，我們也是意氣風發的小伙子，唉……都老囉！」

　　老張才不想理會雷烈的話，他也起身，嚴謹的走到宇鶴面前，與他對視。

　　「看到長官，為何不敬禮？」

　　「敬不敬禮，有差嗎？」他不耐的回覆。

　　「沒錯，我是跟沈曼妃談戀愛，我知道她是女的又如何？你們又是誰？她爸？她親戚？」

　　「宇鶴！你知道在誰面前說話嗎？」老呂趕緊拍桌制止。

　　「沒穿軍服，我怎麼知道是誰？」他回嘴。

　　「反正都已經這樣了，處置就處置吧。看要是關緊閉還是要幹麼……不過，錯不在曼妃，不要罰她便是。」

　　「好了，沒事的。」輔導長趕緊把盛怒之下的老張帶回沙發上坐好。

　　「曲宇鶴，你倒是有膽，把我家白菜給拱了。」雷烈倒是站在他身旁，勾肩著跟他說話。

　　兩人對視了幾秒，宇鶴哼笑，把他的手給弄開了。

　　「曼妃有沒有告訴你，她的歲數？」

　　所有人把視線轉回她身上，使得曼妃忍不住坐正來。

　　雷烈走回座位上，從包裡掏出一包香煙。

「曼妃，幫我點火。」

她打開雷烈的包，裡頭有兩個顏色的打火機，一藍一紅，紅色上頭還包了一張小紙條，瞬間明白上司的意思。

紅色的打火機拿起點燃，曼妃趁機將紙條收入手中，雲霧繚繞間，雷烈抽了一口繼續說：「就算她長你幾歲，你也無所謂嗎？」

「這個重要嗎？」

「你真的喜歡她？」

宇鶴無語的看著他再次走近。

「那就不要衝動，控制自己。看看大夥，現在處境多尷尬。呂中校誤打了一個女人，案子還得繼續查下去，你們倆還得冠上同性戀的稱號，讓人在背後指指點點，這樣多不好辦事。」

他下意識搓揉著手指，試圖瞭解雷烈這些話中的成分。

「呂隊長，乾脆這樣……之後破了案，曼妃我拉回原部隊，其餘人等依舊在此支援，直到新的學員進來，可否？」

「可以。」老呂乾脆的答應下來。

「那怎麼行？」老張趁勢反對。

「沈曼妃的身份，現在也算暴露，她不能留。」

「老張，呂隊正在缺人，我沒有意思讓曼妃待到退伍，只有這段時間。」

「別人不會知道嗎？這兩個太招搖了……聽說，在新訓期間，還被別人發現了身份，為求安全，我還讓曼妃在我這裡盥洗，無非……」

「不過就是抓人，只要她跟我去駐防，一切都能迎刃而解。」

宇鶴阻止龐德的話，自顧自說著。

換來的，當然是眾人的訕笑。

「臭小子，你以為你是誰？」老張以往劍拔弩張的劣跡又出現。

「我生平最討厭的，就是破壞軍中體制的人，像你這樣的小兵，是覺得這個兵當得不夠意思，還是嫌命太長？」

曼妃看著宇鶴的表情變得詭異，再望向其他長官。

「其實，我可以……」回原部隊！

「妳可以三個月內完成任務，我知道。」雷烈率先把話搶了過去。

「但妳跟這位曲先生的關係，可得控制好。要是再讓別人知道妳的身份，連參謀總長都保不住妳，懂嗎？」

152

「曲先生，你能做到嗎？」他回頭，擋住宇鶴對老張的注視。

那是另一個面貌的曲宇鶴，如此滲人，曼妃連忙起身走到他面前。

「我們，就低調一點……」

她握住他的手，背對著眾人，用眼神央求著冷靜。

「我會幫你！」短短四個字，唇語說得真切。

宇鶴看著她，再看著雷烈，瞬間明白一些事情。

原來，眼前兩人已知道他的身份，難怪良奇一直沒被抓，就是在找自己嗎？

要我自首，想都別想！

宇鶴眼神陰冷，搶走曼妃手中的字條，往門外走去。

「曲宇鶴！」曼妃叫住了他。

「不是要低調點嗎？裝作不認識就好了。」

手中空蕩蕩的，她看向一臉平淡的雷烈，方才那瞬間，他也看清了。

看就看吧，讓小張知道，誰才是真正要幫他的人，也讓他明白，自己現在的處境有多危險。

****

　　這次事件，宇鶴被關了三天禁閉。

　　「保護小張，留意大黑」雷烈的筆跡，只留下八個大字。

　　他攥在手中，隨著滲出的汗水，鋼筆寫入的字跡化為烏黑的墨漬。

　　這三天，曼妃的處境也不好受，她除了受訓和用餐是跟著人群，其餘時間，都是獨自一人。

　　或者說是，她被排擠在團體之外。

　　原本輕鬆的交誼廳，見著她沉著一張臉進入而瞬間安靜，一群人交頭接耳的說著聽不見的話，但他們的眼神已表露無遺。

　　曼妃提著練習用的木槍，沒了宇鶴在身旁照顧，就連櫃子都被黏上三秒膠無法開啟。

　　她知道是誰幹的，那個王八蛋！

　　「去把我的櫃子打開。」

　　「幹麼？你櫃子打不開，跟我有什麼關係？」卓誠仕正拿著牙線棒剃牙，正眼都不瞧。

　　「我還沒說我櫃子怎麼了，你就知道了？」

　　深知自己說話露出破綻，他乾脆直接起身回嗆。

「有本事自己去開啊！平時不是很屌，有曲宇鶴照著，橫豎不把我們這些學長放在眼裡，弄你櫃子算便宜你了，王八……」

「蛋」還沒說出口，曼妃直接拿起一旁的椅子往他身上扔，這下衝突一起，她也不顧自己的身份，把看家本領都使出來，沒多久，一旁幫著卓誠仕的紛紛走避，甚至有的直接衝去找長官解圍。

浩生在一旁按奈不住，直接走過去勸架，剩下冷眼旁觀的良奇，他壓根不想管，甚至抱著看好戲的心態觀望。

是的，他怨恨她，這個人不應該出現在他和宇鶴之間。

良奇愛著宇鶴，甚至不惜一切，明知犯下的是大錯，也心甘情願的為他鋌而走險。

當然，兩人都沒料到，炸彈竟然提前引爆……

「蔡浩生，跟你無關，滾！」曼妃的臉上已掛彩，眼角留有方才被旁人偷襲的瘀痕，還帶著血色。她跟浩生搶著手中的木槍，也不管昔時的聲調，放聲嘶吼。

「再這麼揍下去，他會死的！」浩生大喊。

「我打死卓誠仕干你屁事？去看你的女網紅，找你那該死的『車』吧！」

　　說完，兩人都呆立在原地，倒在地上滿臉鮮血的卓誠仕，被幾個同梯趁勢拉走。

　　他竟然在意我看女網紅新聞的事情？浩生心想，回憶又陷入當晚，浴室傳來的歌聲，暈眩間看到的裸體，在床上的廝磨……

　　浩生這下終於摸到他的喉間，才幾秒，就被對方一把推開。

　　「你不要再想那晚的事情，什麼事都沒發生，懂嗎？」

　　曼妃此時不敢多想，她趕緊帶著木槍衝出交誼廳，正要去找落跑的卓誠仕算帳，輔導長此時卻帶著大學長把她攔下。

　　「池光熙，你他媽膽子挺肥的啊，學長你也敢揍。」大學長直接朝他一頓罵。

　　「他把我櫃子鎖上，還黏三秒膠，能不挨揍嗎？」

　　「你這是活該！」大學長從不管這些事情，他是以在團體的角度來評斷事情。

　　「你想一想，憑什麼曲宇鶴被關了三天緊閉，而你一點事都沒有？他是二學長，論資歷僅次於我，少說在隊上也是有名望的，全被你這個『禍水』給敗了。會有人服嗎？」

　　曼妃被大學長這麼一吼，她緩緩回頭，屏除浩生故作無事地望向他處外，良奇的態度已然明顯。

隨後，她回神，看著一旁沉默不語的輔導長，很明顯是來看戲的。

「大學長，我現在的處境，會好嗎？你們替宇鶴出了自以為正義的頭，禁閉室裡頭的他，心裡怎麼想？」

說完，曼妃提著木槍走回寢室區。

三天後，就像放了場假，宇鶴走出禁閉室伸了個大懶腰。

「學長辛苦。」看守的學弟本想給根菸，被他退回去。

他看見阿奇站在不遠處，沒有別人。

滿臉笑意的看著宇鶴走來，就像往常一般。

「光熙呢？」他淡淡的問著。

阿奇的笑容瞬間凍結，其實，自己早就明白，他一定會問她。

「正在出操。」

「你這個『旁觀者』倒是做得挺落實。」宇鶴冷冷的說著。

「別以為這三天，外頭什麼情形我不知道。你們自以為是的幫我出頭，公報私仇還是義憤填膺，各懷鬼胎，我不清楚嗎？」

「……你不要忘記當初的計畫，那個女人，是雷烈用來對付你的棋子！」阿奇低吼著。

「正因為是棋子，也是個可憐人。」

「你遲早會被抓的，不如我殺了⋯⋯」

話未畢，宇鶴直接揪起阿奇的領口挨向牆角。

「張祥斌，我這麼做都是為了你。」

宇鶴放下手。

「你要是敢傷她，我有的是機會對你下手⋯⋯爆炸案，露的是你的臉。雷烈跟曼妃不抓你，是因為你尚有薄弱的家族背景⋯⋯也就是你的母親。」

「你唯一的親人。」

他每說一句，薄唇就越接近阿奇的耳畔。

「別忘記，你為什麼要當兵。你媽說過，你生父是軍人，是一個官，是這輩子都不能相認的對象⋯⋯」

「除了補貼家裡，讓你媽放心⋯⋯想找出你父親是誰，不也是你的目的嗎？」

阿奇怔怔地看著宇鶴的笑意，這是他從未見過的表情，如此分裂。

「如果我告訴你，你爸就是張福瑞，就是我們處心積慮恐嚇，甚至殺害的對象⋯⋯你又怎麼想呢？」

宇鶴緊貼著阿奇的臉龐。

「去認親吧，寶貝兒。」

「啊！」

不遠處的禁閉室，正在站崗的士兵望見這一切，只見一人打了二學長一巴掌，至於二學長……

他趕緊閃到牆角邊，別人看不到的地方，繼續聽著不大清楚的對話。

「為了沈曼妃，你瘋了！」

「我說的是事實，況且，我本就瘋了。」

「她不是小白！」良奇哭吼著。

「可張福瑞的確是你爸啊！」宇鶴直瞪著。

「自從你告訴我，我就真的在幫你打聽尋找，縱使真相很傷人，但為了你好，我選擇隱匿……是你逼我把窗花捅破的。」

臨走前，宇鶴回頭說了句：「別想動沈曼妃，她若是暴露，我可以擋在她的前面。」

人已走遠，士兵緩緩走出，在角落看著獨自失笑的學長扶額，帶著淚水。

「學……學長，你還好吧？」

「你都聽到、看到了吧……」良奇側頭看著略為緊張的菜鳥。

　　對方思索了幾秒，點頭。

　　良奇微微一笑，隨後奪下他手中的槍。

****

　　「砰！砰！」的兩聲槍響，讓正在外出操的學員都停下，面面相覷。

　　正當長官們衝進室內觀看情況之時，有個熟悉的身影逆向而行，緩緩步出室外。

　　曼妃看著宇鶴向他走來，帶著溫暖的笑意，伴隨他身後的冒出的吼聲。

　　「醫務官！快叫醫務官來，趕快報警！」

　　曼妃只覺汗毛豎立，她本想跟著其他人衝進事發現場，卻被宇鶴一把拉住。

　　「沒事了，都結束了。」

　　「什麼意思，到底……」

　　「阿奇怎麼會這樣？！」一旁衝出看到現場的同梯。

　　「小田！裡面情形如何？」曼妃趕緊拉住慌張衝出的同梯。

　　「阿奇學長跟蕭欽都倒在血裡，有槍啊！」

心中一陣重擊，曼妃放任小田在身後對大夥說著裡頭的情況，她頭腦瞬間聯想許多可能。

但脫離不了的，就是一旁看著自己，微笑依舊和煦的宇鶴。

「發生什麼事？」曼妃瞪著一雙眼看著他。

「阿奇是我們的朋友，蕭欽是⋯⋯我同梯。」

也是老張派來的，最年輕的滲透者。

「這三天，我想了很多事情。最重要的，就是重新開始⋯⋯跟妳。」

曼妃腦袋轟然一片，她甩開宇鶴的控制，在衝出的人群中逆行而入。

直到她看見兩人倒在血泊中的畫面，曼妃忘卻隱藏身份，尖叫出聲。直至大黑趕到，將她的哭喊埋在胸前。

另一邊，浩生本想衝進去查看發生何事，直到他看見宇鶴抓著光熙那一幕，不禁懷疑起來。

「宇鶴，裡面到底發生什麼事？」

「我怎麼知道囉！」宇鶴不耐煩的回他。

「我知道良奇一早開了小差，就是要去禁閉室等你出來⋯⋯裡面的事情，你怎麼可能不會知道？」

　　宇鶴面對著浩生的懷疑，只淡淡的說了一句：「我出來的時候沒有看到他。」

　　「那你現在知道了，他在裡面出了事……你太冷靜了。」

　　「所以呢？我要進去哭喊嗎？」

　　「你……！」

　　宇鶴根本不想理會他的反應，自顧自地走向遠處。

　　蔡浩生，不要逼我對付你！他心想。

　　（暫時　完）

後 記

（或是下一篇的開始）

雷烈寒著一張臉，看著桌上的結案報告。

曼妃坐在一旁不發一語，大黑則是一派輕鬆地靠在沙發上。

大夥都有話想說，卻又什麼都不敢說。

最後，曼妃直接把她所知道的監聽密錄器，全部，通通拆了下來。

「What？叫他們衝過來問我們啊！我還想回問他們，堂堂一個政戰局長，被參謀總長密錄兼偷拍，成何體統？！」

「學姐，起碼案子破了不是……」

面對曼妃投射過來的厲色，大黑還是識相的閉上嘴。

「我只剩下三個月的任期，老張磨刀霍霍的要他的子弟兵上位。我只想讓他自首，沒想到……」

「羅良奇認為老張是他父親，因而吸引注意，這不就是結局嗎？」

曼妃與雷烈互視，有些事情，大黑知道得很膚淺，而兩人也有一種默契。

大黑，知道此處即可。

不光是為了保護，曼妃也開始懷疑一些事情。

「那麼，把該盡的責任盡了，我們就回原部隊了。」她輕描淡寫地說著。

「好吧，學姐，我媽在家煮了一桌菜，剛剛又傳訊息催了。」

「雷將軍，你要來嗎？」曼妃敲著桌面，滴滴答答的聲音，隱約透漏著訊息。

雷烈聽完，淺笑。

「不了，我還有點事情要處理。」

「真可惜，那我跟大黑先回去了。」

離開前，曼妃別有深意的看了長官一眼，隨即敬禮。

看著已關上的門，雷烈不禁一笑，這丫頭，竟然還懂得摩斯密碼。

三個月內，張祥斌勢必伏法。

孩子啊，我本想彌補當年的失職，卻沒料到他已成如此之勢。

他還是會對老張下手的，而此刻，雷烈也明白老張心緒的複雜。他的心中是放下一塊大石，可看到羅良奇生母的那刻……

十年前後，失去兩個兒子，他的浮躁，騙不了任何人。

可誰會在乎呢？當然只有張祥斌了。

國家圖書館出版品預行編目資料

滲透遊戲 / 黃萱萱 著. —初版.—
臺中市：天空數位圖書 2021.08
面：14.8*21 公分
ISBN：978-986-5575-57-1（平裝）

863.57   110014666

書　　　名：滲透遊戲
發　行　人：蔡秀美
出　版　者：天空數位圖書有限公司
作　　　者：黃萱萱
編　　　審：龍璇科技有限公司
製 作 公 司：煐行生活有限公司
美 工 設 計：設計組
版 面 編 輯：採編組
出 版 日 期：2021 年 08 月（初版）
銀 行 名 稱：合作金庫銀行南台中分行
銀 行 帳 戶：天空數位圖書有限公司
銀 行 帳 號：006-1070717811498
郵 政 帳 戶：天空數位圖書有限公司
劃 撥 帳 號：22670142
定　　　價：新台幣 320 元整

電子書發明專利第 I 306564 號

紙本書編輯印刷：
電子書編輯製作：
天空數位圖書公司 E-mail：familysky@familysky.com.tw　http://www.familysky.com.tw/
地址：40255台中市南區忠明南路787號30樓國王大樓　Tel：04-22623893　Fax：04-22623863